Das Buch

Bis in die Gegenwart war der Gedanke, daß liebende Frauen sich gerne als »Musen« betätigen und nebenbei genialen Männern, die in Nöten sind, auch finanziell unter die Arme greifen sollten, ganz selbstverständlich. Und selbstverständlich war es auch, daß sie daraus keinen Anspruch ableiten konnten. Wenn man sie nicht mehr brauchte, konnte man sie verlassen, ohne dafür geächtet zu werden. Das war das Schicksal von Elise Lensing, der Freundin, Geliebten und Ernährerin des Dichters Friedrich Hebbel, die später so sehr vergessen wurde, daß es nicht einmal ein Bild von ihr gibt. Aus Überliefertem und nicht Überliefertem hat Sibylle Knauss die Geschichte ihres Lebens rekonstruiert, die Geschichte einer Frau, die sich aus Lieb … n
ließ und der die Autorin noch … -
ruft: »Wehre dich!« …
geschrieben wurde. L…
ge, aber Männer wie …
Elise Lensings, die sie …
noch«, schrieb Christa … ankfurter
Allgemeinen Zeitung‹.

Die Autorin

Sibylle Knauss, am 5. Juli 1944 in Unna geboren, studierte Germanistik, Anglistik und Theologie und ist heute im Schuldienst. Ihre Staatsexamensarbeit schrieb sie über Friedrich Hebbel. ›Ach Elise‹ war ihr erstes Buch. Sie erhielt dafür den Preis der Neuen Literarischen Gesellschaft in Hamburg. Weitere Werke: ›Das Herrenzimmer‹ (1983), ›Erlkönigs Tochter‹ (1985), ›Charlotte Corday‹ (1988).

Sibylle Knauss:

Ach Elise
oder Lieben ist ein einsames Geschäft

Roman

Deutscher
Taschenbuch
Verlag

dtv

Ungekürzte Ausgabe
Oktober 1989
1. Auflage Oktober 1984
Deutscher Taschenbuch Verlag GmbH & Co. KG,
München

ISBN 3-455-03860-3
Umschlaggestaltung: Celestino Piatti
Gesamtherstellung: C.H. Beck'sche Buchdruckerei,
Nördlingen
Printed in Germany · ISBN 3-423-11136-4
2 3 4 5 6 7 · 94 93 92 91 90 89

Elise ist ein spätes Mädchen.

Das heißt: Sie hat die Dreißig überschritten, und sie ist nicht geheiratet worden. Bis jetzt nicht, und die Aussicht, daß sie sich noch verheiraten wird, nimmt mit jedem weiteren Tag ihres Lebens ab.

Dabei ist Elise noch nicht ganz aus dem Spiel. Man behält sie im Auge: den Grad ihrer Schönheit, die Art ihres Auftretens, ihre Bemühungen, auch ihre Vermögensverhältnisse. Elise ist eben genau das: ein spätes Mädchen.

Was ist der Grund? fragt man sich. Ist Elise etwa nicht schön genug?

Schwer zu sagen. Auf irgendeine Weise ist ja jede Frau schön, so hat man uns gesagt in den Tagen unserer frühen Minderwertigkeitskomplexe, und wer wollte daran zweifeln, daß Schönheit etwas zu tun hat mit dem Willen, schön zu sein. Elise ist beseelt von diesem Willen – soviel ist klar.

Sie hält auf sich. Wir wissen, was gemeint ist. Sie spricht die unmißverständliche Sprache der Kleider und Frisuren. Seht her, ich bin noch jung!

Seht her, ich weiß, wie man hübsch ist!

Ich bin keine von denen, die man einfach übersehen kann.

Sie spricht die Sprache derer, von denen sie verstanden zu werden wünscht: die Sprache der besseren Kreise.

Seht her, ich weiß, wie man sich kleidet. Bin ich nicht eine der Euren?

Sie war es übrigens nicht. Elise hat immer gern ein wenig hochgestapelt, zu ihrem eigenen Verderben natürlich. Wir werden noch sehen.

Diese Sprache der Kleider und Frisuren setzt sich fort bis in den Gang und in die Fingerspitzen. Schlank ist Elise. Später einmal wird sie schwindsüchtig sein, niemals füllig und fett. Ein ganz klein wenig zu dünn mag sie sein, zu wenig Busen, die Hüften ersetzt die Mode. Aber wie sie sich bewegt. Nein, da kommt nicht die zukünftige Jungfer. Weich ist Elises Gang, signalisiert die Lust am Tanz. Sie wird noch einige Jahre lang die Blicke im Vorübergehen anziehen.

»Die Linie des Schönen ist haarscharf und kann nur um 2000 Meilen überschritten werden.« (Friedrich Hebbel) Lassen wir den Denkern ihre Ästhetik –, wir kennen die Grade des Schönen und die haarfeinen Übergänge. Die Spuren einer schlaflosen Nacht haben wir schon zum Frühstück übertönt mit einem Griff in unsere Farbentöpfe, und täglich erleben wir vor den Spiegeln dieselbe geheimnisvolle Inkarnation: ein paar Bürstenstriche, etwas Farbe – und schon fängt die Lampe von innen an zu leuchten, das ist der Kuß, der das schlafende Dornröschen weckt. Voller Grauen denken wir an den Tag, von dem uns eine beginnende Grippe einen Vorgeschmack gibt, an dem wir vergeblich zur Tube greifen, als wenn wir einen Leichnam schminkten, und uns nichts mehr von innen entgegenkommt.

Noch ist es für Elise nicht so weit, noch tut sie unverdrossen ihr tägliches Werk mit Nähnadeln und Haarkämmen und erlebt, wie sich das an ihr selbst zu einem Erscheinungsbild ergänzt. Sie lacht und zeigt ganz deutlich diesen gewissen Charme, der in den Eckzähnen sitzt. Ihr Haar ist hochgesteckt, mittel- bis aschblond, und natürlich haben sich im Nacken ein paar Strähnen gelöst, wie unabsichtlich.

All das in Rechnung gestellt, sagen wir also (obwohl es Stimmen gibt, die das Gegenteil behaupten): Doch, Elise ist schön.

Daran kann es also nicht gelegen haben.

Ist sie zu arm?

Das nicht gerade. Elise hat geerbt. Ihr Vater hat ihr etwas hinterlassen. Aber es ist nicht viel, zu wenig, als daß es in die Waagschale geworfen werden könnte. Das haben Mütter heiratsfähiger Söhne längst ergründet. Immerhin: Elise verfügt über etwas Geld, ein Pfund zum Wuchern. Was wird sie damit tun?

Schlecht versteht sie damit umzugehen. Sie wird es vergeuden. Eines Tages wird sie die Armut kennenlernen, die Angst um das Essen von morgen und fadenscheinige Wäsche. Wieder und wieder wird sie ihre Kleider wenden und zusammenstückeln, um ein paar Almosen wird sie feilschen.

Elise wird nichts verprassen, sie wird verschenken, was sie besitzt. Es fehlt ihr ganz und gar der Sinn fürs Festhalten, ganz zu schweigen von dem Sinn fürs Profitieren.

Aber steht ihr das an der Stirn geschrieben, als sie, heiratsfähig, nett und jung, überhaupt in jeder Hinsicht vorzeigbar, zu den besseren Kreisen Hamburgs Zutritt erhält, wo es nicht jeder unbedingt nötig hat, eine Frau zu suchen, die seinen Besitz mehrt, mancher auch nur eine, die ihn mit Würde und Geschick zu teilen versteht?

Zugegeben: Elise stammt ihrerseits nicht aus bester Familie – es gibt da einiges, worüber man nicht so gern spricht –, aber warum nicht sie, die intelligent und reizvoll ist, die eine gute Erziehung genossen hat, die sich zu kleiden versteht, hübsch, aber einfach, viel Dunkelblau mit weißem Kragen, warum nicht Elise, so offensichtlich geeignet für das Leben in Salons und Sorglosigkeit?

So bleibt uns nur die letzte, die entscheidende Frage zu beantworten:

War Elise vielleicht nicht anständig?

Nein, so tief können wir nicht sinken, daß wir unsere Köpfe zusammenstecken, um über Elise zu tuscheln! Ihr Ruf war nicht der beste, das ist wahr.

Er war sogar so schlecht, daß sie es sich gar nicht

erlauben konnte, irgend etwas zu tun, was geeignet war, ihn noch schlechter zu machen. Mit anderen Worten: Elise pflegte äußerst moralisch zu leben. Entschieden bevorzugte sie die Gesellschaft von Damen, älteren, gebildeten, und hielt sich von allem fern, was auch nur im entferntesten anrüchig war. Aber es nützte ihr nichts. Denn um so begieriger wartete man darauf, daß Elise etwas tat, was ihren schlechten Ruf rechtfertigen würde. Und so tat sie es schließlich.

Es wird übrigens niemand behaupten wollen, daß Elises schlechter Leumund nur auf übler Nachrede beruhte. Elise war längst keine Jungfrau mehr. Sie hat ihre Unversehrtheit so wenig in acht genommen wie später ihr Geld. Wenn sie besitzt, Vermögen, Kenntnisse, Unschuld, so tut sie das mit einer irgendwie mangelhaften Überzeugtheit und scheint nur darauf zu warten, daß sich Gelegenheit bietet zu vergeuden.

Wen kann es wundern, daß sie auch ihre Unschuld bei der ersten Gelegenheit – und ziemlich beiläufig – verlor. (Solche Gelegenheiten übrigens boten sich nicht viele für ein Mädchen in Elises Verhältnissen.)

Das aber war es ja nicht einmal, was sich herumgesprochen hatte. Elises Liebhaber waren so diskret wie die Liebhaber anderer Mädchen. Etwas anderes muß es sein, was den Argwohn von Müttern, Tanten, Freundinnen erregte.

Arme Elise! Wir wollen versuchen, herauszufinden, was es war.

Elise lebte vom 18. Oktober 1804 bis zum 18. November 1854, genau 50 Jahre und einen Monat lang. Die meiste Zeit ihres Lebens hat sie in Hamburg verbracht. In ihrer Jugend ein Pensionatsjahr in Magdeburg, in ihren letzten Jahren ein längerer Aufenthalt in Wien, sonst Schleswig-Holstein, Berlin, Kopenhagen und immer wieder Hamburg.

Nicht verheiratet, Marie Dorothee Elisabeth Lensing bis zum Ende, ein stilles, jüngferliches Leben.

Was aber macht das Leben einer Frau interessant und atemberaubend? Die Liebe!

Wir brauchen nur auf Elises Grabstein zu sehen:

Hier ruht in Frieden
Elise Lensing
(Friedrich Hebbels Jugendfreundin)
usw.
Durch Liebe lebt, was groß und herrlich ist.

Elise ist tot. Aber schon ist unser Interesse an ihrem Leben erwacht: Sie war die Geliebte eines Dichters!

Vielleicht muß man die Wörter nicht immer so wörtlich nehmen. »Geliebte« also nicht unbedingt verstehn als eine, die geliebt wird. Das Wort entfaltet doch ganz andere Düfte in unseren Nasen. Irgend etwas hat es an sich vom Geruch des Lebens selbst, von dem, wovor wir unaufhörlich auf den Knien liegen. Aber mit Liebe hat es nicht unbedingt etwas zu tun. Elise nämlich war eine Geliebte, die nicht geliebt wurde.

Elise betritt die Bühne nicht erst im Jahre 1835. Das ist das Jahr, in dem sie Friedrich Hebbel kennenlernte. Elise muß unter anderem eine Kindheit gehabt haben. Und außerdem war Hebbel, wie wir schon wissen, nicht der erste Mann in ihrem Leben. Der allererste war ihr Vater.

Aber er ist sehr bald daraus verschwunden.

Unter allen Vaterlosen sind die zu beneiden, deren Väter im Grab liegen. Sie haben etwas, wovon sie reden, auf das sie stolz verweisen können. Ihre Trauer ist wie der Friedhof, den sie hin und wieder besuchen: heilig, zugewachsen und gepflegt.

Es gibt die traurigen Dinge, über die man redet. Sie wecken das Einverständnis unserer Mitmenschen und verbinden uns um so fester mit ihnen. »Ja, so ist das im Leben«, seufzt alles um uns herum, und wir, der Gegenstand von soviel Sympathie, sind tausendfach entschädigt für den Verlust, den wir erlitten haben und den wir von jetzt an mit dem Stolz beweinen, der die Quelle unserer zukünftigen Tröstungen sein wird. Hat man jemals soviel Anteil an uns genommen, als wir noch glücklich waren?

Und dann gibt es das Leiden, das bittere, das unaussprechlich ist. Es beweist, daß eigentlich kein Platz für uns unter den Lebenden ist, deren Sprache nicht einmal ein Wort kennt für das, was uns getroffen hat. Jahrelang versuchen wir den Anlaß unserer Schmerzen vor allen und vor uns selbst zu verbergen, bis endlich eine vorweisbare Krankheit, ein Magenleiden, eine Krebsgeschwulst uns erlöst, indem wir sagen können: Seht, ich leide! Und endlich, endlich einen Namen nennen.

Es kommt allerdings vor, daß wir die unbenennbar traurigen Dinge ein Leben lang mit uns herumtragen. Solcher Art war die Sache mit Elises Vater.

Er war nicht tot. Das wäre das erlösende Wort gewesen. Mit welcher Hingabe hätte Elise sein Grab und Gedächtnis gepflegt! Mit welchem Eifer hätte sie ihm Fehler und Grobheiten verziehen!

Er war aber auf unaussprechliche Weise abwesend, und Elise und ihre Mutter haben sich ihr Leben lang vergeblich bemüht, sich dessen nicht zu schämen: Er war verrückt. Auf diese ganz und gar abstoßende Weise fing das Unglück in Elises Leben an.

Wie viele Jahre mag man sich damit gequält haben, bis man der Sache einen Namen gab: »Wahnsinn.« Eine gewisse Entlastung lag dann doch in diesem Wort und eine hinreichende Begründung für das, was schließlich mit ihm geschah: Eines Tages wurde er in eine Art Anstalt gebracht. Dort war er zwar weiter, sicherer, endgültiger weg als im Grab, aber nur eben ohne die Tröstungen, die sein Tod mit sich gebracht hätte. Was er dort gelitten hat, danach brauchen wir zum Glück hier nicht zu fragen.

Wer weiß, wie sich geäußert hat, was die Erwachsenen um Elise herum sich entschlossen hatten, »Wahnsinn« zu nennen. Hat er getobt? Dumpf brütend vor sich hin gestarrt, ohne zu reagieren, wenn sein kleines Mädchen versuchte, seine Aufmerksamkeit auf sich zu lenken? Jedenfalls blieb Elise nicht der Trost, zu denken, wie sehr er sie geliebt hätte, hätte er nur gekonnt!

Er konnte. Sie ließ es sich einfallen, brav und reizend zu sein, tat tausend hübsche Dinge vor ihm: nichts! Er hat einfach nicht gewollt, daß sie ihm gefiel. Überhaupt schien er manchmal auf beinah zärtliche, maßlos traurige Weise zu bedauern, daß sie überhaupt da war. Sie erinnert sich, einmal so etwas Ähnliches von ihm gehört zu haben. Und so braucht man sich nicht zu wundern, daß Elise letzten Endes zutiefst entmutigt war. All ihre Bemühungen um das Glück haben etwas rührend Beflissenes an sich. In Wahrheit hat sie schon sehr früh aufgehört, damit zu rechnen, daß sie geliebt werden kann.

Das also war Elises Vater: eine offene Wunde, ein unaussprechliches und damit unheilbares Übel. Kein freundlicher Geist konnte seinen Platz einnehmen, der ihr dann und wann aus welcher Ferne auch immer zunickte, als wenn er sagen wollte: mein liebes armes Mädchen ... Seine Stelle blieb auf schauerliche Weise leer. Daran konnte auch sein schließlicher Tod nichts ändern.

Auf diese Weise macht Elise sehr früh Bekanntschaft mit dem Unglück, mit dem eigentlichen, das niemand mit uns teilen will, für das wir doppelt gestraft werden, indem es uns zeigt, daß wir Ausgestoßene sind, und das uns in jedem, der uns begegnet, einen der unzähligen

Glücklichen sehen läßt, zu denen wir niemals gehören werden.

Alles Unglück ist von dieser Art: Es führt uns auf keine Weise wieder in den Kreis der Lebenden und läßt uns sprachlos irgendwo zurück.

Wo Worte sind, sind auch das Lächeln und die ausgestreckten Arme. Das Unglück aber ist das Unglück, dessen man sich zu allem Unglück auch noch schämt.

Von dieser Art war die Sache mit Elises Vater.

Nach dem Unglück beginnt die Zeit der gefährlichen Ersatzwörter, die Zeit der Lüge.

Elise, das arme Waisenkind.

Seht nur, wie reizend Elise ist!

Wie sie im Unglück lächelt, wie sie im Unglück Gedichte aufsagt, Hausaufgaben macht, so demütig ihr Köpfchen über kleine Kreuzsticharbeiten senkt! Das unglückliche Kind! Und immer will sie anderen eine Freude machen!

Natürlich tut die Mutter ihr Teil an Worten, Blicken, Gesten hinzu. Wer wollte es ihr verdenken?

Schließlich hat sie einiges an ihrer Existenz ins rechte Lot zu rücken, nachdem der Ehemann in so häßlichem Zwielicht untergetaucht ist.

So wird aus Elise schließlich ein Abziehbild aus Glanzpapier: Der gute kleine Engel!

Aber Elise hat auch Mut.

All ihre kleinen Torheiten – und über die kam sie nie hinaus – tragen das Zeichen des Kampfes. Das ist es, was uns an ihr gefällt: Elise gibt sich nicht so leicht geschlagen. Menschen hatten es leicht mir ihr, denen bot sie sich stets demütig an. Aber in ihr Schicksal hat sie sich verbissen.

Fortan lebt Elise allein mit ihrer Mutter. Der Torso einer Familie. Ein Mann allein, das mag angehen. Zwei Frauen allein, das schreit nach Ergänzung.

Elise ist ein kleines Mädchen. Sie blickt auf das, was ihre Mutter tut, begierig, versessen darauf, so zu werden wie sie. Elise, nett anzusehen, grazil, ein bißchen gefallsüchtig, ist von einer Art Anpassungswut besessen, die uns immer wieder in Erstaunen setzt.

Und was tut ihre Mutter?

Sie verbirgt ihre Scham und ihr Leiden, so gut sie kann. Sie putzt heraus und pflegt. Sich, ihr Kind, ihr Haus, ihren Garten, alles adrett, alles vorzeig- und anschaubar. Dem Kind würde sie nichts durchgehen lassen. Mit anderen Worten: Sie tut das, was eine echte Witwe an ihrer Stelle tun würde: Sie läßt sich nichts nachsagen.

Ihr Lebensinhalt ist Elise.

Warum ist dann aber alles so auf Ergänzung angelegt? Was fehlt, da man doch offensichtlich alles hat, was man zum Leben braucht? Ein bißchen Geld, vielleicht auch ein paar Äcker, die man verpachten kann, hat ihnen der Vater zurückgelassen. Er war Arzt und stammte aus einer Bauernfamilie. Nun ist er weg, das ist auch besser so. Wie soll Elise verstehn, warum man sie bedauert?

Langsam begreift Elise auch das: Sie kann so reizend, die Mutter so adrett sein, wie sie will – ein Mann ist weg, ein neuer Mann muß her.

Zum Glück ist dann der Vater irgendwann gestorben.

Nun ist Elises Mutter endlich eine Witwe.

Sie tut das einzig Richtige in ihrer jetzt um vieles verheißungsvolleren Situation: Sie verläßt das Dorf, in dem sie lebt (Leezen bei Oldesloe) und zieht nach Hamburg. Angeblich, weil Elise, das begabte Kind, dort besseren Unterricht erhalten kann. Wir aber ahnen, warum. Niemand in Hamburg weiß, wer Johann Friedrich Arnold Lensing war und auf welche Weise es mit ihm ein Ende nahm. Selbst Elise hat später Jahre gebraucht, ehe sie mit Hebbel über ihren Vater sprechen konnte.

Kleine Unregelmäßigkeiten in der Biographie waren zu Elises Zeiten nicht geeignet, eine Persönlichkeit, und schon gar nicht eine weibliche, interessanter zu machen. Wenn es sich auch noch um eine Witwe handelte, so mußte ihr Leben in Vergangenheit und Gegenwart makellos sein, wollte sie sich Hoffnungen auf eine neue Ehe machen. In Hamburg fiel es ihr natürlich leichter, ihren Freiern so entgegenzutreten: ganz Opfer eines unverdient harten Schicksals, bereit zu neuen Opfern für ihr einziges Kind. Und es gab noch etwas, was die größere, die anonymere Stadt Hamburg begünstigte.

Bei aller Makellosigkeit muß sie es sich gefallen lassen, daß sie als Witwe und Mutter, als eine, die nicht mehr zu den Jüngsten zählt, bedeutend länger und intensiver, vielleicht auch aus viel größerer Nähe begutachtet wird als ein junges Mädchen, das man Hals über Kopf heiratet. Für all das war Hamburg sicher ein geeigneterer Ort als Leezen. Wollte sie noch einmal geheiratet werden – und darin lag wohl so etwas wie ihre einzige Überlebenschance –, so mußte sie den Beweis ihrer Makellosigkeit und gleichzeitig den ihrer unverblühten Anziehungskraft erbringen. Welch ein Kunststück!

Elises Mutter brachte es fertig.

Es heiratete sie der Schiffszimmermann Ziese. Wenn das auch keine ausgesprochene Mesalliance war, so bedeutete es doch immerhin die endgültige Absage an gewisse Hoffnungen, die man sich beim Umzug in die große Stadt gemacht hatte, das Ende des Traums vom Aufstieg in die besseren Verhältnisse. Es sieht so aus, als ob das Leben der Familie von nun an endgültig in Wohnküchen verbannt war, Wohnküchen mit warmem Herd und blank gescheuertem Eichentisch, in der

Ecke ein Sofa mit steiler Rückenlehne und rechts und links ein paar Türen in die dahinterliegenden Schlafkammern. Wenn noch einmal etwas daran geändert werden kann (der Traum vom Salon!), dann wird es an Elise sein. Wir wissen also, was es für sie bedeutet haben muß, wenn sie in ihren letzten Lebensjahren gezwungen war, nach immer billigeren Wohnungen Ausschau zu halten. Elise wird nicht zu den Erfolgreichen gehören.

Elise hat das alles ganz gut begriffen.

In Hamburg ist sie so willig, so reizend, nett und fleißig wie in Leezen. Ihre Handschrift ist zu loben, ihre Kreuzstichdeckchen, ihre Folgsamkeit. Aus dem Munde ihrer Lehrerin ist nur Gutes zu hören. Mit dem Rechnen hapert es etwas, aber das wundert niemanden, da Elise ein Mädchen ist.

Und Herr Ziese? Was sagt er dazu? Freut es ihn, daß er einen so guten Fang getan hat, daß er zu der Mutter eine so brave Tochter hinzubekam? Wird er endlich den Traum vom gütigen Vater erfüllen? Wir haben keine Wunder von ihm erwartet. Aber Elise tat es. Sie wurde überhaupt erst sehr spät müde, Wunder zu erwarten.

Wieder war Elise reizend, folgsam, flink – wieder nichts. Er soll sie schlecht behandelt haben. Wir müssen nicht gleich an Prügel und Mißhandlungen denken. Er hat sie wohl einfach nicht geliebt. Sie tauchte zu häufig auf, wenn er eigentlich nur ihre Mutter meinte. So pflegt das mit Stiefkindern zu sein. Herr Ziese war selber Witwer, ein wenig mürrisch und kleinbürgerlich. Er hatte sich wohl schon zuviel zugemutet, als er sich dazu durchrang, eine neue Frau zu nehmen. Mehr konnte man nicht von ihm verlangen.

Damit war Elises Schicksal besiegelt.

Während sie unverändert lächelt, schönschreibt, kleine Handarbeiten anfertigt, entsteht ein gefährliches

Bild in ihrem Kopf, das Bild vom armen Waisenkind, demütig, verachtet, verkannt in seinem Wert, vom reinen Aschenputtel.

Inzwischen ist Elise vierzehn Jahre alt.

Mit einem Feuereifer, der uns gar nicht gefallen will, beflissen über Häkeldeckchen gebeugt, arbeitet sie an diesem Muster:

Elise, das Waisenkind, das Stiefkind, das leidgeprüfte. Und immer wieder in ihren Tagträumen landet sie selig und folgerichtig bei dem Gedanken, daß einer kommen muß, sie zu erlösen.

Eines Tages taucht er dann endlich auf: der Mann, der Allgewaltige, Gütige, der, der das Aschenputtel erlöst. Nein, noch kommt er nicht in der Gestalt des Liebhabers, noch nicht.

Er kommt als Vater.

Natürlich ist Elise kein Kind mehr. Sie liebt ihn, sie unterwirft sich seinem Willen mit einem Eifer, der uns noch öfter Angst machen wird. Was tut Elise da? In ihrem Alter werden doch die Väter nicht mehr so glühend geliebt, beugen sich die Töchter nicht mehr so fraglos unter das Joch der väterlichen Vorschriften. Eine verhängnisvolle Verschiebung der Phasen findet in Elises Leben statt.

Und auch was ihn, den schließlich aufgetretenen Ersatzvater anbelangt, müssen wir nicht an der Lauterkeit seiner Motive zweifeln? Wer nimmt sich eines unglücklichen jungen Mädchens aus so undurchsichtigen Verhältnissen an? Ein Gutsbesitzer, ein Hauptmann, hat sich entschlossen, Elises Erziehung in die Hand zu nehmen.

»Weil ihm ihr schüchternes Wesen gefällt.«

Woher wir das wissen?

Der Dichter Friedrich Hebbel hat seine Biographen gefunden, und in seiner Biographie hat Elise nun einmal eine Rolle gespielt. Sie konnte nicht unerwähnt bleiben, aber naturgemäß führt Elise da kein Eigenleben. Sie liebt, opfert, entbehrt insofern, als es das Leben und die Entwicklung Hebbels berührt, hat aber kaum eine Jugend und keine späten einsamen Jahre.

Das liegt in der Natur der Sache, und wir machen daraus niemandem einen Vorwurf. Nur fließen eben die Informationen über Elises Jugend spärlich, und was ihren Bildungsweg anbelangt, so sind wir auf Informanten angewiesen, die sich für Hebbel bedeutend mehr interessierten als für Elise Lensing. Wer aber schreibt uns vor, daß wir uns an Fakten halten müssen? Es geht um Elise, zart, schwindsüchtig, verblichen, 177-jährig, es geht um unsere Schwester!

Und so behaupten wir kühn: Der Hauptmann, ein wohlhabender Herr zwischen fünfzig und sechzig, der da so ohne sichtbaren Grund sein Herz an Elise verlor, er hatte keine Kinder. Wahrscheinlich hatte er nicht einmal eine Frau, die mit perfiden Eifersüchteleien die gute Sache verderben konnte. Da sind wir schon ein gutes Stück weiter: Er war also Witwer.

In Leezen hat er Elise entdeckt. Er kennt ihre Großeltern, weiß um das schwere Los der Familie. Vielleicht auch hat Elises Vater, der Chirurg, in seiner Familie einmal geholfen, wie er jetzt hier zu helfen gedenkt – fest steht, daß ihm Elises Lächeln gefiel, ihr »schüchternes Wesen«. Er lädt sie zu sich ein auf sein Gut. Da ißt Elise mit ihm allein an einem Tisch. Das Mädchen trägt auf, und man sitzt sich gegenüber. So einfach ist es also, in die höheren Kreise aufzusteigen. Und dies ist erst der Anfang!

Der Hauptmann redet, und Elise hört zu. Manchmal schweigt er. Dann redet Elise auch nicht. Wenn er aber redet, dann wird er von niemandem so gut verstanden wie von Elise. Das kann sie: Einverständnis signalisieren. Allein ihr Blick! Und dann ein kurzer Satz, kleine unwesentliche Beobachtungen, die ihm zeigen, daß er nicht unrecht hat mit dem, was er behauptet. Wenn ihn jemals jemand verstanden hat, ist es Elise. Erstaunlich gescheit ist dieses kleine Ding. All ihre Übungen im Bravsein werden nun von Erfolg gekrönt.

Hier fühlt Elise sich zum erstenmal wohl.

Und darin ist Elise unsere Schwester: Sie ist das Produkt einer ganz speziellen Züchtung.

In aller Unschuld stammt sie von einem wildbehaarten Zottelweib in der Uraffenhorde ab, das, sein jüngstes Kind an der Brust, grimmig nach allen Seiten feixte, ob er, der kampferprobte Zuteiler der Rationen, einer anderen den Vorzug zu geben drohte. Nur wenn die Luft diesbezüglich ganz rein war, wandte es sich seinem Sprößling zu, dem Söhnchen, dem starken kleinen Besieger seiner Artgenossen, und liebkoste ihn mit der selbstvergessenen Zärtlichkeit, die dem zukünftigen Menschen gebührte.

Je mehr die Männchen sich zu Männern erhoben, desto williger bot sie sich ihnen dar.

Eines Tages hatte einer von ihnen das Lächeln erfunden. Bei untergehender Sonne saß er auf seinem Herrscherfelsen, dem Platz, der ihm allein vorbehalten war, und blickte, noch unsicher, ob irgend jemand sein Zähnefletschen zu deuten wußte, in die Runde – da blieb sein Blick an ihr hängen, und er erkannte sich in ihr wieder: Sie hatte zurückgelächelt.

Sie waren ein königliches Paar! Welten trennten sie von der übrigen Horde, und er zog sie nächtelang den anderen vor.

Eines Tages fand er sie aufrecht an seiner Seite gehen. Irgendwie hatte sie es immer gekonnt. Wenn es das war, was er verlangte! Und als er die ersten Worte murmelte, verwundert über sich selbst und stammelnd, da hatte sein Blick sie unter all den anderen schon gesucht, und sie antwortete ihm in derselben Sprache.

Sie begann, das Geplapper ihrer kleinen Königssöhne zu überwachen und ihnen zu zeigen, wie man Worte daraus formt. Niemand sollte ihnen die Thronfolge streitig machen. Selbst die schwächeren unter ihnen gerieten zum Entzücken ihrer Väter, die sie zuweilen sinnend betrachteten, als wenn sie sich fragten: »Ist das nicht Bein von meinem Bein und Fleisch von meinem Fleisch?« Sie aber ließ sie in dem Glauben, daß sie das alles nur von ihnen gelernt habe. Dabei dachte sie im stillen: Wenn es das ist, was ihr verlangt!

Ihr war es bei all dem nur um die Seligkeit des Einverständnisses gegangen: »Erkennst du mich, mein Gebieter?«

Darin ist Elise unsere Schwester.

Willig unterwirft sie sich allem, was als Vorbild auftritt. Wen wundert es, daß Elise immer eine Musterschülerin war? Sie ist das Gesicht, zu dem man gern spricht, das Pfarrer und Lehrer aus jeder Menge bald herausgefunden haben, um ihre Worte nur noch an sie zu richten, das Gesicht der ewigen Hörerin, fraglos, anerkennend. Sie braucht nicht zu nicken, um anzudeuten, daß sie versteht. Sie hat verstanden, noch ehe zu Ende gesprochen ist: Stelle mich auf die Probe, prüfe mich! Ich bin das Einverständnis, bin die Lösung. (Wenn es das ist, was ihr verlangt!)

Wer spricht vom müden Eros der Pädagogen? Es geht um den Eros des Anerkennens und der Bereitwilligkeit, der so viel leidenschaftlicher ist.

Das also war Elises »schüchternes Wesen«, das einem einsamen alten Herrn so gut gefiel: Der Eifer, mit dem sie versteht, bejaht, der Übereifer, mit dem sie darauf verzichtet, jemals zu widersprechen. Wie sollte sie auch, jetzt, da sie endlich gefunden hat, was sie immer suchte: einen Vater.

Da sitzt sie ihm gegenüber, ißt mit silbernen Bestekken und hat längst gelernt, wie man sich bedienen und

»Fräulein« nennen läßt. Ein bißchen bleichsüchtig ist sie, ein bißchen appetitlos, aber im ganzen sieht sie doch reizend aus und weiß sich erstaunlich gut zu benehmen. Der Herr kann zufrieden sein mit dem Fang, den er da getan hat.

Wir können ihm übrigens nichts Schlechtes nachsagen. Nicht einmal das lüsternste Dienstmädchen hätte das gekonnt. Er ist ganz Wohltäter, untadelig, selbstlos. Worauf sein Wohlgefallen an Elise letzten Endes gründete –, wer weiß das schon? Es sind ja die Sünden des Fleisches nicht alle unbedingt fleischlich.

Elise ist sechzehn. Der Sommer geht hin mit Träumen.

Elise geht durch hohe Kornfelder, den Strohhut im Nacken, ein paar abgepflückte Ähren in der Hand: Etwas muß geschehen. Wohl ist das Aschenputtel erlöst, die Königstochter auf den Thron gehoben, aber alles ist Vorgeschichte, Einleitung zu etwas, das kommen muß. Der Gedanke an die Zukunft nimmt Elise den Atem. Ihr Kopf ist voller Bibelsprüche und Liedanfänge. Elise kommt aus der Kirche. »Du hast meine Füße gestellt auf weites Land« –, das ist der Gesang, den die Lerche trällert. Das Land ist vor Elises Füße gebreitet: unermeßliche wogende Kornfelder. Alles Geschenk, alles Verheißung.

Im Oktober wird Elise siebzehn. Da ist das Korn schon abgemäht, der Wind auf den Feldern empfindlich kalt. Man kann nicht immer nur spazierengehen. Elise soll etwas lernen. Der Hauptmann hat sich entschlossen, sie in ein Pensionat zu schicken.

Elise ist neunzehn, als sie aus Magdeburg zurückkehrt, eine junge Lehrerin.

Nein, sie kehrt nicht zurück. Sie wird nie wieder zurückkehren, nicht in die Wohnküche im engen Heim des Schiffszimmermanns. Zwar wird sie von nun an wieder bei ihren Eltern leben, aber ein fremder Gast ist sie dort, Elise mit ihrer höheren Bildung, die heimliche Tochter eines Gutsherrn. Wie andere Mädchen heimliche Geliebte sind, ist sie eine heimliche Tochter, auserwählt, gezeichnet.

Immer fehlt ihren Beziehungen zu anderen Menschen das Sicht- und Vorzeigbare. Nichts kann sie beweisen. Später einmal wird sie eine heimliche Ehefrau sein und den Beweis dafür schuldig bleiben. Und zum Schluß wird sie Mutter sein und ihre Beweise aus der Hand geben müssen, einen um den anderen.

Sie selbst aber ist vorzeigbar: Elise ist erblüht.

Schon in Magdeburg, spätestens aber jetzt, hat sie eine wichtige Entdeckung gemacht: Sie begriff, daß sie nur zu lächeln brauchte.

Das war nicht länger das krampfhafte Lächeln einer beflissenen Musterschülerin. Es war auch nicht mehr das liebe Lächeln der artigen kleinen Tochter. Sie trägt es vielmehr, wie man ein Kleid trägt oder eine neue Frisur, mit einer Freude an sich selbst, die eigentlich seine Wirkung ausmacht. Elise trägt ihr Lächeln im Gesicht. Und siehe da – man sieht Elise an. Es wird zurückgelächelt! Ja, Elise ist erblüht. Wir halten den Atem an: Was wird jetzt geschehen?

Zunächst einmal geschieht nichts. Elise ist auf der Suche. Sie sucht einen Mann, und sie sucht sich zu beschäftigen. Sie sucht sich zu beschäftigen, bis sie einen Mann gefunden hat. Fragen wir unsere Großmütter, was sie getan haben, bevor sie heirateten. Peinliche Frage. Sie haben gehäkelt, gestrickt, gestickt, Nähkurse besucht, allenfalls Klavier gespielt, mit anderen Worten: Sie haben gewartet. Manchmal bis sie sechsundzwanzig oder siebenundzwanzig waren. Es muß entsetzlich gewesen sein. Und fragen wir, was Elise tat: Auch sie hat gehäkelt und Nähkurse besucht – was sie da lernte, kam ihr später sehr zustatten –, aber Elise hatte eine Ausbildung erhalten. Sie war zu Höherem berufen. In ihrer Schublade befand sich ein Heft mit dem Titel ›Einführung in die Erziehungs- und Unterrichtskunde‹, vollgeschrieben mit Aufzeichnungen nach den Vorträgen des J. C. A. Heyse in Magdeburg. Ja, Elise hatte einen Beruf. Sie war Lehrerin.

Natürlich ist sie weit davon entfernt, ihn auszuüben. Das hätte in gar keinem Einklang gestanden zu dem Lächeln, das ihr seit kurzem so gut zu Gesicht stand. Es hätte den Eindruck erweckt, als wäre sie beschäftigt, voll beschäftigt, ausgefüllt sozusagen, und das war auf jeden Fall zu vermeiden.

Denn wie Paulus an die Korinther schreibt, daß die Weinenden sein sollten, als weinten sie nicht, und die Fröhlichen, als freuten sie sich nicht, so hat Elise zu warten, als wartete sie nicht – und gleichzeitig aber doch nichts zu tun, als zu warten.

Über diesen schmalen Grad wandelt Elise – und nicht nur sie.

Ein paar Privatstunden gibt sie, Handarbeitskurse für kleine Mädchen aus gutem Hause, überwacht hier und da auch ein paar Aufgaben, Schönschreib- und Leseübungen. Wohlhabende ältere Damen sucht sie auf, die gern ein wenig Konversation mit ihr machen und sich von ihr vorlesen lassen. Gegen Bezahlung –, das war der wunde Punkt. Hier verliert Elise den schmalen Grat unter den Füßen, auf dem sie in ein besseres Leben balanciert, und droht in die Abgründe zu stürzen, die sich rechts und links daneben auftun: Sie nimmt Geld für diese Art Tätigkeiten, für die sie sich immerhin unter einigen Mühen qualifiziert hat. Da wird Elise schamrot. Je weniger man ihr zahlt, desto besser. Aber das ist natürlich der falsche Weg. Das macht sie nicht vornehmer, im Gegenteil.

Überhaupt dieses schreckliche Dilemma der Vornehmheit in Elises Leben, hier tritt es zum erstenmal deutlich hervor. Was nützt es ihr, daß sie gewandt reden kann, daß sie eine hübsche Stimme zum Singen und Vorlesen hat und gute Manieren. Das verschafft ihr Zutritt zu den besseren Kreisen, aber es reicht nicht hin, um sie deutlich genug von Dienern, Kutschern, Zimmermädchen zu unterscheiden, die bezahlt werden so wie sie. Weder Lensing noch gar Ziese ist der Name, der hier in Hamburgs Upper class die notwendige Klarheit schafft. Gehört Elise dazu? Wozu gehört sie eigentlich?

Da sitzt Elise in einem wirklich eleganten Salon und unterhält sich mit einigen wirklich vornehmen Damen, indem sie eine Teetasse in ihren wirklich gepflegten Händen hält, aber sie sitzt zwischen den Stühlen. Ein nettes junges Mädchen. Was hat sie vor, Mamsell Lensing, will sie eine Stelle als Gouvernante annehmen? O nein, antwortet Elise – wie frei und natürlich sie sein kann –, ich will lieber heiraten.

Das hätte sie nicht sagen sollen. Ängstlich mustern die Damen in Gedanken ihre ledigen Söhne und Enkelsöhne. Welche Gefahr! Aber die Dame des Hauses weiß sie zu bannen, indem sie Elise vor den Augen aller entlohnt. Fräulein Lensing hat Konversation gemacht und ein wenig vorgelesen, Fräulein Lensing wird dafür bezahlt. Eine Art Domestike.

Und Elise? Weiß sie die Geste richtig zu deuten, spürt sie die Degradierung? Nein. Bescheiden wehrt sie ab. Soviel will sie nicht, weniger, am liebsten gar nichts. Wie sie ihre Lage mißversteht! Sie glaubt den Gesetzen der Käuflichkeit zu entgehen, indem sie sich unter dem Preis verkauft. Welche Verkennung der Marktsituation!

Das hat man ihr bei J. C. A. Heyse nicht beigebracht, wie man Geld für Dienstleistungen entgegennimmt. Freundlich, bescheiden, dankbar kassiert sie Lohn und Komplimente und verabschiedet sich.

Das ist falsch, Elise, das ist ganz falsch! Ja, Elise sitzt zwischen den Stühlen.

Den einen, den tüchtigen jungen Leuten aus der

Schiffszimmermannswelt, ist Elise ein bißchen zu fein. Man kann das auch anders ausdrücken: hochnäsig, eingebildet. Ganz unrecht hatten sie nicht, die Schiffszimmermannssöhne, aufgewachsen am Kohlenherd in den Wohnküchen, Elise war eingebildet. Vor allem war sie zu dünn an Armen und Beinen, von denen allerdings nur die Hand- und Fußgelenke sichtbar waren. Aber das genügte, um zu wissen, wen man da vor sich hatte. Das Gouvernantenhafte an Elise ließ sich nicht verbergen. Ihr Kopf saß zu hoch oben. Der Hals war einfach zu lang. Durch kein Niederbeugen oder Seitwärtsneigen war dieser Eindruck zu verwischen.

Mit anderen Worten: Elise hatte nicht erst an der Hand ihres heimlichen Ersatzvaters, des Hauptmanns, ihre angestammte Umgebung verlassen, sie war aus ihrer Familie schon herausgeboren.

Wenig Aussichten also auf einen tüchtigen, strebsamen jungen Mann, der um Elises Hand anhält.

Und auf der anderen Seite sah es noch viel schlechter aus. Da waren die jungen Kaufmannssöhne, heimgekehrt von einigen erfahrungsträchtigen Jahren in Übersee, die jetzt im Kontor ihrer Väter arbeiteten und sich unter den Töchtern der Hansestadt umsahen. Buddenbrooks also, mit goldener Uhrkette und Zigarre, deren Privatvermögen sich kaum schätzen ließ. Was hatten die bei Zieses in der Wohnküche zu suchen?

Und hätte einer von denen sein Herz an Elise verloren und ihr den Vorzug gegeben, so wissen wir bereits, daß er sicher auf den massiven Widerstand von Müttern und Tanten gestoßen wäre, von den Vätern ganz zu schweigen. Wir werden noch sehen, wie eine solche Geschichte ausgeht. Es stand also schlecht für Elise mit ihrem Sinn fürs Höhere und ihrer Verwurzelung im Zweifelhaften und Niederen. Folgerichtig gab es für sie innerhalb der vertrackten Welt der Hamburger Gesellschaft nur eine Stellung, die man ihr freiwillig anbot: die der Gouvernante, derjenigen, die das Metier der feinen Kreise beherrscht, aber niemals selber dazugehören wird. Und folgerichtig kann sie nur den einen Fehler machen: einen Mann haben zu wollen. Denn der wird notwendig, ob Schiffszimmermann oder Kaufmannssohn, zu einer Kaste gehören, die Elise bereits ausgeschlossen hat.

Wenn Elise also begehrenswert ist, wenn sie lächelt und die Löckchen sich in ihrem Nacken kringeln, dann stehen allerorten die Zeichen auf Alarm, dann muß man auf der Hut sein.

Wir beginnen, dem Geheimnis von Elises schlechtem Ruf auf die Spur zu kommen: Elise darf nicht begehrenswert sein!

Es hat etwas mit der sozialen Hygiene der Hansestadt zu tun.

Aber nicht nur. Nein, es gibt da noch andere Gründe.

Es kann nicht länger verschwiegen werden. Die meisten werden es ohnehin schon gemerkt haben: Elise ist ein Mädchen, das sich gerne hingibt.

Nicht wahllos, nein, auf denjenigen, der sie umwirbt, wirkt sie eher zurückhaltend und scheu. Aber wenn sie einmal im Begriff ist, Zärtlichkeiten zu gewähren, dann wird sie verschwenderisch. Dann ist sie unfähig, den Punkt zu finden, wo man einhält. Nicht aus Leidenschaft, o nein, aus Freundlichkeit, aus reiner lächelnder Mädchenfreundlichkeit. Das ist Elise einfach so angeboren wie die schmalen Handgelenke und ihr Gang. Alles Schnippische, jedes Kokettieren ist ihr fremd.

Mit anderen Worten: Elise ist nicht fähig zu begreifen, worauf es ankommt. Sie bewegt sich durch ein Umfeld von Müttern, Tanten, Freundinnen und gerafften Unterröcken, ohne die entscheidende Botschaft zu verstehen: Es kommt alles darauf an, verliebt zu machen und dann einzuhalten und um den Preis zu feilschen. Es kommt darauf an, sich möglichst einmalig, unversehrt und teuer zu verkaufen. Ach Elise, wie konntest du übersehen, daß das deine einzige Chance ist? Wie konntest du das Tuscheln deiner Freundinnen so mißverstehen, ihre Bekenntnisse hinter vorgehaltener Hand? Wie konntest du die Blässe in ihren Gesichtern als Anzeichen ihrer großen Verliebtheit mißdeuten? Es war die Angst, zu verlieren in dem Spiel, das euch nur einmal zu spielen erlaubt war – und mit so hohem Einsatz!

Darin bestand Elises Unschuld, die Unschuld, die sie nie verloren hat: Nach ihrem Vorteil wußte sie nicht zu schielen, und wenn sich ihr eine Chance bot, so nahm sie sie nicht einmal als solche wahr. Arme Elise! Sie spielte das Spiel nicht mit, von dem sie nicht einmal bemerkte, daß es die anderen spielten, die sie darum um so mißtrauischer beäugten. Ist das nicht eine, die sich gern hingibt, die nicht mit sich geizen wird?

Alles wartet darauf, daß Elise einen Fehler macht. Und sie macht ihn.

Elise pflegt zu träumen – wer tut das nicht? Nicht nur nachts, auch am Tage.

Von den Träumen der Nacht sind wir bereit zu reden. Über die Träume des Tages schweigen wir. Wir tun so, als ob nichts wäre, was unsere Phantasie beschäftigt Stunde um Stunde zwischen Aufwachen und Einschlafen.

Dabei können wir nichts mit größerer Sicherheit über Elise sagen, als daß sie ohne Unterlaß träumte. Sie träumt, wenn sie über die Straße geht, sie träumt, während sie mit ihrer Mutter spricht, und sie unterbricht ihre Träume nur ungern, wenn irgendeine Tätigkeit ihre volle Aufmerksamkeit fordert.

Elises Träume sind das Land, das man nur heimlich

betritt, verbotenerweise. Es ist endlos, verheißungsvoll. Es ist das Land, wo sich alles erfüllt, wo alles mit allem zusammenhängt. Es ist das Land, wo das Glück atemberaubend ist und in jedem Augenblick vollendet. Jedes Wort, jede Geste ist hier ausschweifend und süß. Eine Hand legt sich über ihre Hand, ein Gesicht, das sich ihr nähert – und schon spürt Elise, wie wunderbar das enden wird. Alles ist Harmonie in diesem Land, alles Erregung. Alles ist Haut, wenn Elise träumt, nackt und empfindlich. »Woran denkst du, Elise?« Nichts könnte weiter entfernt sein von dem, was Elise träumt, als das Leben, das sie führt. Wenn ihr jemals etwas Ähnliches widerfährt, wird sie tot umfallen.

Das tut sie, als es soweit ist. Elise ist der Situation in gar keiner Weise gewachsen.

Zwar ist sie neunzehn, doch ihre Erfahrungen im Austauschen von Zärtlichkeiten sind so gering, wie die Gelegenheiten, die sich ihr boten, welche zu machen. Im Pensionat hatte es Tanzstunden gegeben. Aber Elise hatte sich statt in einen der Jünglinge, die man dazu beordert hatte, in keinen Geringeren als J. C. A. Heyse selber verliebt, die Musterschülerin in den allwissenden Gebieter – Elises Autoritätshunger war auch im Erotischen unersättlich. J. C. A. Heyse war Mitte Fünfzig und über jeden Tadel erhaben. Und die ganze Geschichte hatte naturgemäß im Land ihrer Träume stattgefunden. Ähnlich verlief ihre Liebe zu einem jungen Schauspieler – Elise pflegte seit ihrer Rückkehr aus Magdeburg ins Theater zu gehen.

So war sie erfahren und ausschweifend in ihren Träumen und im Umgang mit ihrem eigenen Körper, aber so gut wie ganz unerfahren im Umgang mit Männern aus Fleisch und Blut. Das heißt, Elise lebte im Einklang mit den geltenden Normen.

Die Normen waren kalt und hart. Elise war sinnlich

und weich. Da aber alle um sie herum so offensichtlich nach diesen Normen lebten – selbst die Luft, die Elise im kühlen Hamburg atmete, war ihnen angepaßt –, so glaubte sie, die einzige zu sein, die so wunderbare Träume und so empfindliche Haut hatte. Sie konnte einfach nicht glauben, daß die ganze sittliche Empörtheit, die sie an anderen wahrnehmen konnte, nur die eine sichtbare Seite all der klaren, vertrauten Persönlichkeiten war, die sie doch so gut kannte. Daher kommt es, daß sie immer bestrebt war, wieder gutzumachen, ins rechte Licht zu rücken. Viele der Irrtümer, die sie noch begehen wird, stammen aus dieser Quelle.

Ganz anderer Art ist der Irrtum, den sie jetzt begeht. Eine Hand legt sich auf ihr Knie, ein Gesicht beugt sich zu ihr herab – Elise hält den Atem an: Das ist ja ihr Traum! Das ist der Moment, der dem ganz großen Glück vorausgeht. Elise ist nicht mehr fähig, das Gesicht zu erkennen, das sie küßt, noch viel weniger, die Hand abzuwehren, die sie streichelt – inzwischen schon weit oberhalb ihrer Knie –, für diese Pantomime ist sie gemacht, sie ist ihr auf den Leib geschrieben. Mit welcher Grazie sie sich zurückbeugt! Wie sie ihre Beine spreizt, nicht mehr als nötig, als wenn sie nie etwas anderes getan hätte! Wie sie ihre Muskeln einsetzt, ihre Stimmbänder! Elises Blick ist auf ein verregnetes Fenster geheftet. Was sucht er da? Ist sie nicht im Elysium?

Nein. Ein unbekanntes Niemandsland hat Elise betreten. In ihren Träumen ist alles Einheit gewesen. Der erste Blick schon trug die ganze Erfüllung in sich. Jetzt ist alles in eine Folge von Einzelereignissen aufgespalten, die schnell, viel zu schnell ablaufen. Elise kann sie nicht anhalten. Die Ereignisse lassen sie weit hinter sich zurück. Ein Zauberwort hat sie vergessen. Alle die zärtlichen, bedeutungsschweren Worte aus ihren Träumen! Elise ist stumm. Alles, was sie weiß, ist, ihren Part zu spielen in der Pantomime der Leidenschaft. Ja, das ist ihre Rolle, ihr eingespeichertes Programm. Das ist es, woran sie sich hält.

Und da sollte sie einhalten? Elise mit ihrem Hang zur Perfektion, mit ihrem Willen, allen alles recht zu machen? Jetzt, wo sie so richtig im Begriff ist, sich zu vergeuden?

Nein, Elise spaltet sich gehorsam in einen Körper und ein Bewußtsein und wundert sich selber, wie leicht das ist und wie gut es ihr von der Hand geht.

Nach allem, was wir über Elise schon wissen, konnten wir es nicht anders erwarten. Eine spätnächtliche Heimfahrt, die plötzliche Krankheit einer begleitenden Freundin – und sie wird verschwenderisch, verfällt ihrem alten Laster, der maßlosen Freundlichkeit, was ihr unter diesen Umständen natürlich zum Verhängnis werden mußte.

Wir haben allen Grund zu der Annahme, daß es nicht Liebe war, was diese Hingabe bewirkte. Wenngleich der junge Mann, um den es sich hier handelt, durchaus nicht übel gewesen sein soll, gutaussehend und aus bester Familie, einer von der Buddenbrook-Seite also, keiner von den Zimmermannsleuten. Wahrscheinlich war er in Elise ebenso wenig verliebt wie sie in ihn. Verliebtheit ist ja weder hinreichende noch notwendige Bedingung für das, was hier geschah.

Sicher ist nur eins: daß er sich wunderte. Er wunderte sich über Elises mangelnde Verwirrtheit und über die Zielstrebigkeit, mit der sie ihre Selbstvergeudung betrieb. Das mußte ihn natürlich zu ganz falschen Schlüssen verleiten.

Und Elise? Sie wacht auf nach jener denkwürdigen Nacht, in deren Verlauf sie irgendwie in ihr Bett belangt ist, und noch im Aufwachen, vor jeder Erinnerung, hat sie das Gefühl, für alle Zeit unrettbar verloren zu sein. Im nächsten Augenblick erinnert sie sich, ohne Lust und mit Entsetzen. Aber ihr Entsetzen ist diffus wie das fahle Licht des regnerischen Hamburger Aprilmorgens, das durch geraffte Vorhänge in ihr Zimmer kommt. Dieses schreckliche Gefühl ist neu für sie wie die Situation. Es hat nicht unbedingt etwas mit Schuldbewußtsein zu tun. Elises christliches Jungfrauengewissen war nicht stärker ausgebildet als das anderer protestantischer Eheanwärterinnen. Es ist auch nicht der junge Mann, an den sie denkt. Der Gedanke an ihn kam ihr erst viel später, und da war sie bereits so angefüllt mit diesem Schrecken, für den Scham oder Reue nicht einmal die richtigen Worte sind, daß ihr nur noch übrigblieb, ihm zeit seines Lebens nicht mehr zu begegnen. Und da er eben denselben Wunsch hatte, hat sie ihn nie wiedergesehen.

Das also war es, worauf sich Elises schlechter Ruf in der Tat hätte stützen können: ihre haltlose Freundlichkeit. Ja, Elise ist haltlos, wenn die Situation danach ist. Niemand will behaupten, daß es bei diesem einen Mal blieb. Alle quantitativen Aussagen wären nichts als Vermutungen. Eins aber wissen wir: Die Situation kann nur äußerst selten danach gewesen sein.

Denn Elise ist nach allen Seiten freundlich. Nach allen Seiten ist sie bestrebt, es allen recht zu machen. Nicht nur den jungen Männern, auch den älteren Damen, nicht nur denen, die ihr trotz allem noch den Hof machten, auch ihren kichernden, mißtrauischen Freundinnen. Ihren Eltern will sie es recht machen und den Kindern, denen sie Unterricht gibt. Elise ist ganz versessen darauf, allen alles zuliebe zu tun. Und so lebt sie weiter nach den harten Normen, die Zurückhaltung fordern, die weiche, verschwenderische Elise. Sie meidet Situationen, die dazu führen könnten, daß sie auf spätnächtlichem Heimweg im Fond einer Droschke etwa mit einem Mann allein ist. Sie achtet darauf, daß unter gewissen Umständen ihre Mutter zugegen ist, ja, Elise versucht moralisch zu leben – so gut das eben geht.

Natürlich geht es nicht immer. Elise ist einfach zu nett und zu gefällig. Elise ist einfach zu freundlich.

Wir kennen die Folgen, hatten sie für Elise schon immer befürchtet. Wissend und bedenklich schütteln wir im Verein mit allen Müttern, Tanten, Cousinen und Freundinnen unser Haupt: Eise wird es schwer haben, ihr Ziel noch zu erreichen. Da müßte sie schon sehr viel Glück haben, wenn sich noch etwas Geeignetes für sie finden sollte. Und wir sagen es gleich: Glück hatte sie nicht. Mit Schaudern sehen wir, wie das allgemeine Achselzucken von der weiblichen Seite her auch auf die männliche übergreift. Mamsell Lensing? Hier gibt es wenigstens noch die Andeutung eines Lächelns, betont angedeutet und damit alles einschließend und vorwegnehmend, was an Verständnisinnigkeit in einem solchen Fall angebracht ist.

Und auch dies Lächeln hatte seine Zeit. Denn schließlich wird ein Mädchen älter, und neue Geschichten hinter vorgehaltener Hand lösen die alten ab.

Dann muß etwas geschehen sein, was Elises Ruf so ruiniert hat, daß sie sich später ungeniert mit Friedrich Hebbel einlassen konnte. Es war die Geschichte, die Hebbel wahrscheinlich schon kannte, bevor er Elise kannte. Und nicht nur er. Sie war stadtbekannt. Sie könnte sich etwa so zugetragen haben:

Ein Kopenhagener Kaufmann hat geschäftlich in Hamburg zu tun. Sagen wir, er ist wohlhabend, Witwer und nicht mehr ganz jung. In einem der Häuser, zu denen er Geschäftsverbindungen unterhält, lernt er Elise kennen. Er täuscht sich einen Abend lang über die Rolle, die sie hier spielt – sie sieht ja wirklich hübsch aus und weiß sich gut mit ihm zu unterhalten –, und macht ihr vor den Augen aller den Hof. Elise muß Mitte Zwanzig gewesen sein um diese Zeit. Er hält sie für eine Tochter aus gleichen Kreisen und kann es kaum fassen, daß sie noch zu haben ist. Als man ihn aufklärt über ihre Herkunft, ist es zu spät. Er hat sich in Elise verliebt.

Und Elise? Mein Gott, sie wundert sich nicht einmal. Ein Gutsbesitzer hat sie zu seiner Tochter gemacht. Ein Kopenhagener Buddenbrook macht sie zu seiner Geliebten. Sie zweifelt nicht im geringsten daran, daß dies der ihr vorgezeichnete Weg sei. Sie ist die hingebungsvollste Geliebte, die dieser besagte Kaufmann je hatte.

Nach drei Wochen reist er ab. Elise fährt mit. Man wird so tun, als habe er sie als Erzieherin für seine Tochter engagiert, hat er ihr eingeredet. Die Lüge glaubte in Hamburg niemand außer Elises Mutter, die ihre Tochter reisen ließ ohne Argwohn. Alle anderen meinten es besser zu wissen. Aber sie war die einzige, die recht behalten sollte: Nach stürmischer und leidenschaftlicher Seereise in Kopenhagen angekommen, tritt Elise tatsächlich ihre Stellung an. Sie wird die Gouvernante eines kleinen Biests von Tochter, deren Vater sie tagsüber ganz als solche behandelt, während er nachts ihr Zimmer stürmt, das im Dienstbotenflügel liegt. Er hält es nicht einmal für notwendig, sie für ihre Arbeit am Tag zu bezahlen, da sie ja nachts seine Braut ist. Elise hat sehr lange gebraucht, um ihre Lage zu durchschauen und vor sich selber die Dinge beim Namen zu nennen. Vielleicht ein halbes Jahr oder mehr. Am Anfang noch hielten die Gefühle der Nacht der Empörung am Tage stand. Außerdem war Elise allein in Kopenhagen. Sie hatte niemanden als den Mann, in den sie verliebt war. Trotzdem stellt sie sich eines Tages vor ihn hin und verlangt den Lohn für geleistete Gouvernantendienste. Damit fährt sie zurück nach Hamburg.

Hier lernt sie, daß den Taten, die Mut verlangen, nicht unbedingt Anerkennung zuteil wird. Jetzt rächt sich die Lüge von der Erzieherinnenstelle, die doch keine Lüge war. Elise kommt aus Kopenhagen zurück. Sie soll Geld mitgebracht haben. Da liegt die Erklärung auf der Hand. Ihr Liebhaber hat sie abgefunden. Wohin Elise blickt: verächtliche, wissende Mienen. Noch Jahre später ist diese Geschichte geeignet, um Hebbel eins auszuwischen. Da schreibt sein Feind Gutzkow: Er »verschwindet bei jener Elise Lensing, die in Wahrheit eine mit einer Pension behaftete ehemalige Freundin eines Kopenhagener reichen Kaufmanns war, eine sogenannte ›Abgesetzte‹«.

Die Wahrheit über Elise! Wenn das so einfach wäre! Aber es war etwas dran. Vor allem war die Geschichte langlebig. Sie hat sich, wie man sieht, bis heute gehalten. Elises Ruf ist seitdem nicht mehr zu retten.

Wußte sie, was ihr bevorstand?

Das Gouvernantenleben: kein Mann, keine Liebe, keine Kinder.

Ein Leben ohne Wärme, ohne Zärtlichkeit, ohne Leidenschaft. In einen Käfig von Vernunft und Selbstdisziplin wird man sie sperren und von ihr erwarten, daß sie diese Tugenden weitergibt an die Kinder, die man ihrer Erziehung überläßt. Kinder, die andere geboren haben und die sie im geheimen haßt, weil sie niemals auf die Idee kommen werden, sich in ihre Arme zu schmiegen, die dafür gemacht sind. Sie wird statt dessen französisch mit ihnen reden und ihren Haß bezwingen, wie sie ihre Liebe bezwingt. Unter dieser Bedingung wird man sie leben lassen.

In den ersten Jahren werden junge und auch ältere Herren sich ihr gegenüber Anzüglichkeiten erlauben. Hier und da wird eine Hand versuchen, sich unter ihre Bluse zu schieben. Solche Annäherungen wird sie zurückweisen, empört und barsch, wie sie den Ungezogenheiten der Kinder wehrt. Denn darauf gründet sich ihr unwiderruflich letzter Anspruch auf Würde unter den Menschen: daß sie Tugendhaftigkeit und Strenge glaubhaft verkörpert. Irgendwann muß jeder begreifen, daß er keine Wahl hat.

Und so wird ihr Kopf, begünstigt durch steife Stehbörtchen, die ihr zu tragen zukommt, und straff nach hinten gekämmte Haare, langsam jene Vogelhaftigkeit annehmen, von der man nicht weiß, ob sich Dünkel, Stolz oder Dummheit darin ausdrückt, auf jeden Fall aber die Bereitschaft, stets und sofort zuzuhacken. Und die Annäherungen werden unterbleiben. Wer wünschte Elise nicht von ganzem Herzen die Alternative zu diesem Geschick? Irgendeine Alternative. Beinahe um jeden Preis.

Es wird sie für Elise geben, die andere Möglichkeit. Aber um welchen Preis!

Sie wird am Ende allein sein, verachtet von vielen, verlassen von einem und zusätzlich vom Unglück gezeichnet in dem unverhältnismäßigen Übermaß, das uns hilflos den Kopf schütteln läßt: Nein, das hat Elise nicht verdient. Und doch:

Wir betrachten das alles, alles, was noch kommt, als Alternative zu dem Gouvernantenleben, für das sie nach innerer Eignung und äußeren Umständen vorherbestimmt war.

Sie hat das andere getan. Sie hat die Alternative gewählt. Sie hat aus eigener Kraft mit der Gesetzmäßigkeit gebrochen. Elise, meine tapfere Schwester.

Und welche Alternative!

Elise gibt sich nicht geschlagen.

Sie ist eine Gouvernante, und doch ist sie keine Gouvernante. Noch ist sie Gouvernante, aber sie wird keine bleiben – und wird doch am Ende ihrem Gouvernantenschicksal nicht entgehen. Elise ist die Gouvernante mit den Löckchen im Nacken, die Sittenstrenge mit dem geschädigten Ruf.

Eine andere, weit gefährlichere Mischung entsteht in ihrem Kopf. Eine Mischung aus Hochmut und Demut, aus Gefallsucht und Gefälligkeit. Es ist der alte Traum von der Auserwähltheit, den Elise träumt, und hier unterliegt sie wirklich der Macht der Verführung. Dem kann sie nicht widerstehen: zu denken, daß gerade die Tristheit der Verhältnisse ein Unterpfand für zukünftige Herrlichkeiten ist. Hat der Lebensweg der Auserwählten nicht stets in Niedrigkeit begonnen? Auf die Hoffnungslosigkeit gründet sie ihre Hoffnungen! Ist ihr nicht schon einmal ein Retter in der Not begegnet?

Nun, da sie keine mehr ist, sehen wir Elise als törichte Jungfrau, die ihr Lämpchen dem entgegenhält, der kommen wird, dem Prinzen, dem Erlöser. Und während sie ihm entgegenschreitet, ihr Licht voran, den Nacken, der sich so reizend zu beugen weiß, stolz erhoben, sehen wir sie älter werden, Jahr um Jahr, sehen sie in den Diensten der einen oder anderen Dame, die Elise als Gesellschafterin um sich hat, sich auf Reisen von ihr begleiten oder je nach Laune und Frömmigkeit Romane oder Bibelstellen vorlesen läßt.

Zwischendurch sitzt Elise zu Hause, am blankgescheuerten Tisch im Schiffszimmermannsheim, dessen Schäbigkeit sie sich weiterhin einfach nicht zu bemerken erlaubt, so als gehörte sie nicht hierhin, zu den in ihrer Beschränktheit alternden Leuten, die als ihre Eltern gelten.

Ein wenig setzt es uns doch in Verlegenheit, wenn wir sagen sollen, was Elise tat in diesen Jahren, wo es sich längst für sie geziemt hätte, eine Ehefrau zu sein und sie sich doch dem Gouvernantenlos nicht beugen wollte. Sie träumt und wartet. Aber was hat sie getan? Hat sie auch gearbeitet?

Wir werden die Vorlesestunden, das Plaudern bei

gefüllten Teetassen nicht Arbeit nennen können. Und doch ist es das insofern, als Elise dafür bezahlt wurde. »Oh, das ist nicht der Rede wert«, wirft Elise ein, »es war nicht viel.« – Wir kennen das an ihr, diese ganz und gar falsche Bescheidenheit am ganz und gar falschen Platze. Und wenn sie Handarbeiten macht? Elise ist da sehr geschickt: bestickte Brieftaschen und Häkeldeckchen – oft hat sie sie verschenkt, hin und wieder aber auch verkauft. Sie versucht zwar so wenig wie möglich zu verdienen, das ändert aber nichts an ihrem Los als Arbeitnehmerin.

Ach es fehlt, wie so oft in Elises Leben, mal wieder an Eindeutigkeit!

Ab und zu wird sie wohl auch in dem ihr angestammten Beruf als Erzieherin gearbeitet haben. Solche Stellen aber hat sie möglichst bald wieder ihrerseits gekündigt. Dafür war es noch zu früh. So schnell gibt Elise nicht auf.

Und was tut Elise, wenn sie nicht arbeitet? Was tut sie, wenn sie allein in ihrem Zimmer ist?

Sie liest und schreibt Romane.

Elise hatte da gewisse Vorbilder.

Nicht weit von dem Haus, wo sie wohnte, lebte Amalie Schoppe, die im Laufe ihres Lebens nicht weniger als 118 Bücher geschrieben hat, Kinderbücher, Kochbücher, Romane. Außerdem gab sie eine vielgelesene Zeitschrift heraus, die ›Neuen Pariser Modeblätter‹. Darin veröffentlichte sie übrigens hin und wieder ein paar Gedichte des jungen Hebbel. Sie war ein Ausbund an literarischer Aktivität, eine Art Skriptomanin, die täglich 14 Stunden schrieb und außerdem noch die Zeit aufbrachte, drei, wie sich später herausstellte, völlig mißratene Söhne großzuziehen und ihren Mann, der sich eines Tages in der Elbe ertränkte, in den Selbstmord zu treiben. Eine wahrhaft emanzipierte Frau, »ein weiblicher Jean Jacques«, wie sie sich selber nannte. Wo sie auch noch die Zeit hernahm, junge Genies zu fördern, ist rätselhaft, aber sie war es, die Friedrich Hebbel aus einem Dorf in Dithmarschen befreite und es ihm ermöglichte, nach Hamburg zu gehen, von wo aus etwas aus ihm werden konnte. Sie hatte eine Art Spendenaktion für den mittellosen Poeten ins Leben gerufen. In Hamburg gab es viele reiche Leute, und Amalie Schoppe kannte sie alle. Eine einflußreiche Frau. Elise muß sie persönlich gekannt haben, denn als Hebbel später ein Zimmer suchte, schickte ihn die Schoppe zu ihr – nicht ohne ihn vorher vor Fräulein Lensing zu warnen.

Verkehrte Elise also in literarischen Salons? Das ist unwahrscheinlich. Wahrscheinlicher ist, daß sie mit Amalie Schoppe dort zusammentraf, wo sie aus quasi beruflichen Gründen hin und wieder zu tun hatte, bei den Damen, deren »Gesellschafterin« sie war. Frau Schoppe hatte sicher Anlaß, Elise mit Herablassung zu behandeln, und sie hat es vermutlich getan.

Das ist unschön. Es wird niemals verziehen. Elise empfand es um so schmerzlicher, als sie in der Schoppe ihr heimliches Vorbild sah. So berühmt, so erfolgreich, so frei wäre sie selbst gern gewesen. Und sie fühlt sich fähig dazu; in ihrer Schublade liegt ein ganzer Stapel beschriebener Blätter.

Und wo sind sie, diese Blätter? Warum ist es nicht in unsere Hände gelangt, das Produkt einsamer Tage und Nächte, hingeschrieben in Elises gar nicht so gestochener, zugegebenermaßen ein wenig liederlicher Schrift? Eine schwierige Frage!

Zunächst muß einmal eingeräumt werden: Vielleicht gab es diese Blätter gar nicht.

Wohl bezeugen Elises Briefe aus den letzten Lebensjahren, daß sie literarische Versuche machte, reichlich ungeschickte, ganz erfolglose Versuche übrigens, die sicher niemanden so peinlich berührt haben wie Friedrich Hebbel, aber aus diesen frühen Jahren ist nichts dergleichen bekannt. Das einzige Faktum, auf das man sich stützen kann, ist, daß Elise schließlich nur auf dem Umweg über Hebbel in die Literaturgeschichte gelangte. Das berechtigt nun zu folgender logischer Beweisführung:

Wenn irgend etwas von Elise überliefert wäre, so könnten wir daraus schließen, daß sie etwas geschrieben hat. Da nichts von ihr überliefert ist, gibt es zwei Möglichkeiten:

Entweder hat Elise nichts geschrieben, oder Elise hat etwas geschrieben, das, aus welchen Gründen auch immer, der Nachwelt nicht überliefert wurde.

Und wenn das so ist – die schriftstellerischen Ambitionen, die Elise auf ihre alten Tage noch zeigte, legen das auch für ihre jüngeren Jahre nahe –, wenn das also so ist, dann berechtigt das zu der Frage: warum? War Elise nicht begabt genug?

Nichts ist da, um ihre Begabung auszuweisen, als die Briefe, die sie in ihren letzten Lebensjahren an Hebbels Ehefrau schrieb und die dank deren Sorgfalt der Nachwelt erhalten blieben. Und diese Briefe zeigen: Ihre Orthographie ist mangel-, ihr Satzbau fehlerhaft. Ihr Stil ist stellenweise katastrophal. Bemerkenswert fehlerhaft sogar für eine Frau mit Elises Ausbildung. Als »Fortunas Stiefkind« bezeichnet sie sich – wer kann es Hebbel verdenken, daß er dabei Bauchschmerzen bekam und die Korrespondenz mit Elise an seine Ehefrau delegierte. Es ist nicht alles frei von Peinlichkeit, was Elise da zu Papier bringt, und das wird es in ihren frühen Jahren noch weniger gewesen sein.

Nein, Elise war wohl nicht übermäßig begabt.

Sie hat auf jeden Fall nichts hinterlassen, was ihre Talente ausweist. Das läßt wieder zweierlei Schlüsse zu: Entweder besaß Elise keine Talente, oder es gelang ihr nicht, etwa in ihr schlummernde Talente auszubilden. Für die zweite Möglichkeit spricht: Es gab wohl einfach wenig, sie zu ermutigen, und vieles, was geeignet war, ihr den Mut zu nehmen.

In all den einsamen Stunden, in denen sie die Feder ins Tintenfaß tauchte und weiße Blätter vollschrieb mit den Herzensnöten und -abenteuern junger Mädchen aus gehobenen Gesellschaftsschichten, hielt sie tapfer dem Gedanken stand, daß sie etwas tat, was eigentlich ungebührlich war und ihr nicht zustand, daß sie gerade so dem Bild von der verrückten Jungfer entsprach, das manche sich von ihr machten – bis sie es schließlich war.

Und während sie sich mit den Augen der anderen sah: die verträumte, versponnene Elise, ein bißchen schief und sensibel, so wurde langsam auch das, was sie zu Papier brachte, versponnen, schief und wirrköpfig, und sie brach das begonnene Werk kurz vor der Mitte ab. Da fühlte sie sich schon wieder viel mehr im Einklang mit ihrer Umgebung. Denn war sie etwa ein Blaustrumpf? Elise, anmutig und zeit ihres Lebens ein wenig der Putzsucht verfallen? Nein. Wollte sie mehr sein als ein Mann, den Mittelpunkt von etwas bilden, den Ton angeben? O nein. Elise mit ihrer unbeirrbaren Neigung, den Kopf zu senken, ihrem Hang zur Demut! Wie konnte sie so vermessen sein, ein schwaches Mädchen?

So schwach, daß sie auf offener Strecke und unbewaffnet von den Gestalten ihrer eigenen Phantasie überwältigt wird:

Da geistert durch die Tagträume, die sie zu Papier bringt, eine männliche Gestalt, schön, edel, jung und unberührt von der Verwirrung, in die er rechts und links die Herzen stürzt, durch deren Mitte er dann geradewegs hinwegschreitet, den Blick auf irgendein hohes Ziel gerichtet. Nur kurz, in einem süßen taumelnden Augenblick droht er zu straucheln, dann ist er wieder er selbst und läßt achtlos die hinter sich, die am Boden liegt und die Hände ringt. Da ist er, der Mann, in seiner für Elise betörendsten Erscheinungsform! Ihre Träume haben ihn geboren, und schon tötet er seine Mutter, seine Schöpferin, die bei seinem Anblick in Demut zu Boden sinkt. Wie sollte sie vor ihm bestehen?

Wie der in unhörbare Tiefen absinkende Ton einer auslaufenden Schallplatte, so sinkt Elise die Feder aus der Hand. Sie schließt die Blätter, die sie beschrieben hat, in eine Schublade ein, die sie kaum je wieder öffnet. Aus ist es mit der Hochgestimmtheit der schöpferischen Anfänge! Plötzlich schämt sie sich ihrer. Und voller Scham beugt sie sich über vor langer Zeit angefangene Handarbeiten, deren Muster sie mit der Lust der Pedanterie entstehen sieht, luftige, pastellfarbige Gebilde, die unter ihren Händen wachsen, hübsch anzusehen und stumm. Wie traurig stimmt uns dieser Blick auf ihren gesenkten Scheitel! Wie nimmt uns dies Verstummen allen frohen Wind aus den Segeln!

Solche Niederlagen sind gefährlich. Sie werfen den Schatten weiterer, endgültigerer Niederlagen voraus. Es ging auch Elise nicht unbeschadet daraus hervor. Was aber schlimmer ist: Wir fürchten, daß er ihr nicht zum letztenmal begegnet ist, der Mann, das Genie, der Bezwinger. Daß er ihr eines Tages entgegentreten wird. Wir fürchten einen tiefen Fall für Elise.

Später einmal wird Elise eine Brieftasche für Friedrich Hebbel besticken: ein blumengeschmücktes Schiff mit rosafarbenem Wimpel, die Segel gebauscht vom Rückenwind des Glücks, auf der anderen Seite Lyra, Schreibfeder, Lampe und auf fransengeschmückter Tischdecke drei Buchrücken: Kleist, Goethe, Hebbel. (Für die Nachwelt aufbewahrt im Hebbel-Museum, Kiel.)

Noch aber stickt sie ihr eigenes Motiv. Es ist der

Kreuzstich der Auserwähltheit, mit dem sie im geheimen alles schmückt, was sie umgibt: Blusen, Taschentücher, Sofakissen, das ganze Interieur der Jüngferlichkeit. Beharrlich, allen Mißerfolgen zum Trotz, arbeitet sie an der Legende, die schließlich so zu ihr gehört wie ihr Gesicht, das sie im Spiegel sieht:

Elise, demütig, verachtet, das Waisenkind, so ganz verkannt in seinem Wert, das Stiefkind, das leidgeprüfte. Wer kann sich noch wundern über die Versessenheit, mit der sie darauf aus war, von immer neuem Leid geprüft zu werden?

Vielleicht ist es ein großer Irrtum zu glauben, daß unser Glück darin besteht, glücklich zu sein.

Es ist das, was die Mütter von Generation zu Generation ihren Töchtern zurufen: Du mußt glücklich werden! Und die Töchter fragen zurück: Aber was sollen wir tun? Sieh, was ich getan habe, antworten die Mütter etwas unbedacht, denn schon kommt die Frage, auf die sie nicht vorbereitet waren: Aber bist du denn glücklich? Ja, ja antworten sie, färben ihre Augenlider und tragen Kleider, die sie etwas zu jung machen, sieht man das nicht? Und damit meinen sie nicht einmal sich selbst, sondern zeigen auf ihr nettes, sauber geputztes Heim und gepflegte Blumenbeete. Nächtelang liegen sie danach wach – in ihren Jahren ist der Schlaf ohnehin nicht mehr das, was er einmal war –, was hat die Tochter gesagt? Ich möchte aber bitte unglücklich sein dürfen!

Welches Mißverständnis!

Ja, Elise war weit davon entfernt zu tun, was ihre Mutter von ihr erwartet hatte: sich zu verheiraten.

Es hing auf seltsame Art mit dem Muster zusammen, das sie so eifrig in ihre Taschentücher stickte (wie viele davon sollte sie noch naßweinen!), und mit dem Stigma der Auserwähltheit, das sie, je mehr sie danach suchte, desto unbezweifelbarer bei sich selber entdeckte. So lebt sie auf dem schmalen Grat ihrer Träume, zwischen Hochmut und Demut, zwischen der Welt der Salons und der Zimmermannswelt, und das einzige, was sich mit Bestimmtheit von ihr sagen läßt, ist, daß sie eines Tages dreißig Jahre und älter wurde und es nicht zu bemerken schien.

Im Frühling 1835 lernt Elise den Mann kennen, der alles verändern wird. Sie hatte sich verschenken wollen. Hier war einer, der sie annahm: Friedrich Hebbel.

Zweiundzwanzig Jahre alt, blond, groß und blauäugig, unterschied er sich in nichts von der Masse stattlicher Friesensöhne als durch die Überzeugung, Dichter zu sein. Und so wurde er's, der Maurersohn aus Wesselburen, unter Schmerzen, aber unaufhaltsam. Wenn jemals einer ein Parvenü war, dann er. Nie hat ihn die Angestrengtheit verlassen. Bis in die intimsten Aufzeichnungen hinein trägt es die ganze Beweislast: »Ich, der große Dichter ...« Elise war buchstäblich das einzige, was ihm jemals in den Schoß gefallen ist, ohne daß er darum kämpfen mußte.

Kaum ist er über ihre Schwelle getreten, da hat sie ihn schon an ihren Tisch genötigt. Sie kennt ihn, hat durch Amalie Schoppe von ihm gehört: ein junger Dichter, mittellos, doch reich an Begabung. Elise weiß Bescheid. Ein Zimmer ist bei Zieses frei. Es ist seins, noch ehe er darum gebeten hat. Nein, keine Bezahlung. Ja, auch ein Ofen für den Winter, und Frühstück, es ist alles da. So leicht hat sie sich für Hebbel noch nie geöffnet, die Tür zum bequemeren Leben. Bisher hat er nur äußerste Kargheit gekannt, in seinem Elternhaus und als Gehilfe des Kirchspielvogts von Wesselburen, bei dem er mit dem Kutscher zusammen in einem Verschlag unter der Treppe schlief. Sein Leben in Hamburg läßt sich als einziger Bittgang um Almosen an. Zwar hat er in Amalie Schoppe eine einflußreiche Mäzenin gefunden, aber an den »Freitischen« in wohlhabenden Hamburger Familien, wo man ihn auf ihre Vermittlung hin durchfüttert, verschlägt's ihm den Appetit. Er fühlt sich gehemmt und minderwertig.

Und nun dies. Man lädt ihn zum Bleiben ein. Der Tisch, an dem er sitzt, füllt sich mit Eßbarem, mit Wein. Hier ist er Gast. Hier ist er gern gesehen. Wie vertraut ihm das alles ist, der blanke Tisch, die Wohnküche, wie erinnert ihn das an Wesselburen! Nur ohne die heimatliche Dürftigkeit – und ohne die angestrengte Atmosphäre silberbesteckeklimpernder Vornehmheit, die er an seinen Freitischen kennengelernt hat. Hier engt ihm nichts den Atem ein, hier ist ihm wohl.

Es ist das erste Mal in seinem Leben, daß er Wein zu trinken bekommt. Soll er es einfach sagen? Warum nicht? Elise lacht. »Passen Sie auf, er hat eine starke Wirkung.« Wie warm wird ihm hier, wie behaglich. Und wie gut es sich reden läßt mit Fräulein Lensing. Seit er in Hamburg ist, hat er niemanden getroffen, mit dem er so reden kann.

Er spricht von Wesselburen, als wenn sie seine Schwester wäre, die ohnehin alles versteht. Von seiner Ankunft in Hamburg spricht er und seinen vergeblichen Versuchen, sich an die Regeln der gehobenen Konversation zu gewöhnen. Und sie versteht.

Ihr geht es ja ähnlich. Das Dümmste, was man machen kann, ist klug zu reden. Das können sie einem nicht verzeihen, weil's ihre eigene Dummheit an den Tag bringt. Also macht man sich die Mühe, sich artig anzupassen, aber um welchen Preis!

Wie gut er das versteht! Um welchen Preis! Die Niedrigkeit, die sich mit Dünkel tarnt und jeden zu vernichten droht, der nicht bereit ist, ihr zu dienen – und alle Worte gehen ihm von den Lippen wie in seinen Selbstgesprächen. Wie warm das macht, der Wein und die Verständnisinnigkeit! Hebbel erschrickt. Er besinnt sich, daß er die Grenzen der Schicklichkeit längst überschritten hat. Er ist schon zu lange geblieben. Er entschuldigt sich und will aufstehen. Sie aber bleibt sitzen und lacht. Hat er denn nicht begriffen, daß sie unter sich sind? Ein Wort von ihm oder ihr gesprochen genügt – und die Welt der vorgeschriebenen Besuchsdauer, der mühsamen Konversation und der Freitische wird sich in nichts auflösen. Und siehe da: Er spielt Komödie (eine Gattung, die ihm nie besonders liegen wird, soviel er sich auch darin versucht). Aber jetzt macht er es gar nicht so ungeschickt. Statt rote Ohren zu bekommen, verbeugt er sich und sagt übertrieben förmlich: »Ich nehme Ihre Bedingungen an, ich lasse morgen mein Gepäck bringen.« Als wenn sie die ganze Zeit über das Zimmer gesprochen und nicht bereits ganz andere Räume durchmessen hätten, sie und er.

Diese verheißungsvollen Anfänge! Ihre Leichtigkeit! Die spielerische Grundlegung aller zukünftigen Irrtümer. Noch ist nichts geschehen. Noch könnte alles zurückgenommen werden. Noch könnte man behaupten, daß keiner der Beteiligten weiß, worum es eigentlich geht. Doch schon ist ein Zimmer gemietet, und alles nimmt seinen Lauf.

Wie verführerisch diese Anfänge sind: Wie sie an alle die geträumten Träume erinnern! Nein, nicht sie ist verführerisch, die dreißigjährige Gouvernante mit ihrem grauen Seidenkleid und Nackenknoten. Er sieht sie eigentlich beim Abschied erst richtig an. Nein, sie ist nicht verführerisch. Und auch er ist es nicht, der blonde, etwas linkische junge Mann mit seinem vom Wein geröteten Gesicht. Sie hat ihn die ganze Zeit über beobachtet. Sie kennt attraktivere Männer. Alle Verführung liegt in der Art ihrer Begegnung, in diesem ganz und gar ungewöhnlichen Anfang. Eine Verheißung liegt in der Luft: Sie werden sich gegenseitig von etwas erlösen können.

Aber auch anstrengend sind sie, diese Anfänge, bei aller spielerischen Leichtigkeit. Elise ist erschöpft. Hebbel ist ins Schwitzen geraten. Der Wein und die Komödie! Es ist nicht leicht einen Traum in die Wirklichkeit zu befördern. Das kostet Kraft. Das fordert Mut und Konzentration. Die Helden sind müde.

Hebbel verabschiedet sich. Sie bringt ihn zur Tür. Morgen wird er wiederkommen. Er ist selten so vergnügt gewesen, so zufrieden mit sich und dem Gang der Dinge. Auf äußerst angenehme Weise war ihm warm geworden. Warm im Kopf und warm ums Herz und warm in allen Gliedern.

Eine Schwester im Geiste hatte er gefunden.

Erbärmlich und beschränkt war die Welt, in der sie beide lebten. Sie aber hatten sich auf den Flügeln ihrer Träume so weit entfernt, daß sie in der Dürftigkeit ihrer Umgebung, die wahrlich zu nichts ermutigen konnte, eine Bestätigung sahen: Steigt nicht der Phönix aus der Asche empor?

Und nun in diesen Höhen des Hochmuts und der Einsamkeit eine Begegnung!

Sogleich nach ihrem Gespräch verloren beide sich an das Vorgefühl eines wunderbaren Inzests. Der Bruder hatte die Schwester gefunden, die Schwester den Bruder. (Einen sehr viel jüngeren Bruder, aber was macht das schon unter Geschwistern?) Ja, sie glaubten ihn schon begangen zu haben, den verwerflichsten aller Sündenfälle, der sie endgültig und gemeinsam von der Welt der seichten Normalität trennen würde, und da wir die Überhitztheit ihrer Vorstellungskraft kennen, sind wir berechtigt zu der Annahme, daß sich ihre Phantasie in den folgenden 24 Stunden mit den anregendsten und ausschweifendsten Bildern beschäftigte. Welch eine Frage, was die erotischen Träume eines

Mannes und einer Frau, die voneinander träumen, gemeinsam haben! Stimmen sie vielleicht wenigstens teilweise überein, so daß sie sich hin und wieder auf denselben verbotenen Wegen suchen?

Oder haben sie viel weniger, als es die Wirklichkeit ahnen läßt, haben sie gar nichts miteinander zu tun? Welch ein böser Fluch wäre das! Wie ließe das unsere Angst zur Gewißheit werden, daß wir niemals miteinander glücklich sein können!

Zu unserem Glück aber ist die Sache nicht entschieden. Wir werden Teiresias fragen, wenn wir ihm begegnen, oder irgendeinen hermaphroditischen Gott. Wir könnten uns auch gegenseitig fragen. Aber dem widersteht das Gesetz der Träume. Sie sind nun einmal das Land der verbotenen Heimlichkeiten, und für einen preisgegebenen Traum wachsen zehn neue nach, die alles Erzählbare weit in den Schatten stellen. In diesem Falle aber, wo wir wie die Götter von oben herunterblicken und uns manches nicht verborgen bleibt, über das man sonst nicht spricht – in diesem Fall können wir mit Bestimmtheit sagen:

Ja, sie hatten etwas miteinander zu tun, die Träume, die geträumt wurden von Friedrich Hebbel und Elise Lensing, sie waren sich sogar fast gleich. Sie träumten beide, von etwas erlöst zu werden: von der Einsamkeit ihres Geistes und ihres Fleisches.

Welche Verheißung! Und welche Gefahr!

Naturgemäß fiel ihre Begegnung am nächsten Nachmittag vergleichsweise ernüchternd aus.

Hebbel trägt sein weniges Gepäck die Treppe hinauf und nimmt ein dürftig möbliertes Zimmer in Besitz. Elise erwartet ihn am Kaffeetisch, der nun allnachmittäglich für ihn gedeckt sein wird. Aber diesmal hat sich das Ehepaar Ziese dazu eingefunden, das Interesse für den neuen Hausgenossen zeigt. Hebbel führt ein artiges Gespräch mit ihnen über das Leben in der Stadt und auf dem Lande, aber die Sache wird ihm peinlich, weil er spürt, daß sich etwas einstellt, was er vermeiden wollte: das Einverständnis, das alle Zukurzgekommenen miteinander verbindet und soviel bedeutet wie: Ja, die da oben haben es besser, aber unsereins ...

Hebbel wird es heiß, vom Kaffee und von der Mißlichkeit der Situation. Stumm und beobachtend sitzt Elise ihm gegenüber, seine unerreichbare Schwester. Und die Stunde der Verständnisinnigkeit verstreicht unter ihren spöttischen Blicken! Dann zieht er sich auf sein Zimmer zurück und wird dieses ungute Gefühl nicht los, in eine Falle geraten zu sein, warm, weich, behaglich, aber eine Falle.

Auf irgendeine Weise ist er dahin gelangt, wohin er nicht wollte. Gewisse Angelegenheiten drohen sich hier von selber zu regeln, ohne sein Zutun, Angelegenheiten, die er lieber persönlich im Griff behielte. Hebbel war fast ohne Erfahrung im Umgang mit Frauen, dafür aber voller Theorien über die Liebe. Er zehrte von der Erinnerung an eine gewisse Doris, eine blutarme kleine Gänsemagd, die er als junger Dorfpoet geliebt hatte. Sie war eins von den blassen feinen Mädchen, deren Sinn fürs Höhere sich unter anderem darin äußert, daß sie in frühen Jahren einer galloppierenden Schwindsucht erliegen. Wir dürfen also davon ausgehen, daß es schwind- und liebessüchtige Worte waren, was die Grundlage dieser Beziehung bildete, bis der Tod ihr ein Ende machte beziehungsweise ein Ende vorenthielt, denn so war in die Ewigkeit entrückt, was in der Zeit wohl bald ein Ende gefunden hätte, und er fühlte sich gedrängt, sich ihr in heiliger Enthaltsamkeit zu weihen. Dieser strenge Engel saß seitdem zu Gericht über jede Regung seines Körpers und seiner Seele.

Ja, Elise hatte die Sache in die Hand zu nehmen. An ihr war es, ihn zu verführen. Und sie tat es. Beseligt spürt sie: Die Stunde süßester Rache an Amalie Schoppe ist nah. Elise ist Anfang Dreißig. Die Schoppe ist Mitte Vierzig. Elise wird ihn ihr wegnehmen, den jungen Dichter, von dem sie glaubt, er gehöre ihr. Es war ein Fehler, ihn zu Elise Lensing zu schicken.

Später wird der Dichter Friedrich Hebbel sich nur ungern daran erinnern und manches nicht mehr wahrhaben wollen, was doch wahr ist: Im Frühjahr 1835 hat er allerhand von Elise gelernt.

Unbesiegbare Hindernisse hatten sich bisher aufgetürmt zwischen ihm und der Erfüllung seiner Begierden. Bürgerliche Enge, mädchenhafte Sprödigkeit und gute Sitte hatten sich als unüberwindliche Schranke erwiesen, so daß er seit langem nur auf ein Wunder hoffen konnte. Hier war es. Alle Hindernisse schienen aus dem Weg geräumt. Frei und lächelnd stand vor ihm – Elise.

Verzweifelt versucht er die Stunden in seinem Zimmer mit dem Lernen lateinischer Formen hinzubringen, ille, illa, illud, und hat doch ständig den Blick auf die Tür gerichtet. Endlich tritt sie ein, Elise, sie will ihm frisches Wasser bringen, und, ja, sie hat etwas verschüttet, schon ist sie wieder weg, untrügliches Zeichen der Verliebtheit. Elise kann ihre Hände nicht stillhalten. Ist sie nervös? Wie sollte sie nicht! Es liegt ja alles in ihren unruhigen Händen, die ganze Dramaturgie. Da ist sie wieder. Wie lange braucht sie denn, einen Lappen zu holen? Sie beugt sich nieder, um dieses bißchen verschüttete Herzblut aufzuwischen. Das ist das Signal!

Welcher Mann könnte Elises gebeugtem Nacken widerstehen? Der Stelle, wo sich am Haaransatz eine kleine Vertiefung bildet, in der sich die Nackenhaare kräuseln. Der Stelle, auf die das Beil des Henkers niederfährt! Dort war es, wo Hebbel damit anfing, sie zu küssen. Nach Jahren noch hat er diese Stelle bevorzugt, als ihm ihr übriger Körper längst ziemlich reizlos erschien.

Arme Elise! Von allen weiblichen Rundungen, die du ins Spiel bringen konntest, war dein gebeugter Nacken die reizvollste! Und – Hand aufs Herz – hat er nicht auch dir am meisten Lust bereitet?

Das ist nicht wahr!

Gut, das wollten wir hören.

Und wie ging es weiter, damals in Hebbels Studentenzimmer? Es ging nicht weiter. Das war es ja. Er war nicht der Mann, dem eine Frau sich anvertrauen kann: Er wird's schon richtig machen.

Da stand er, an Elises Rücken gelehnt, hielt ihre Schultern umfaßt und nahm schwer atmend ihren Nacken in Besitz. Etwas hatte zu geschehen. Die Pantomime der Leidenschaft, worauf will sie hinaus? Zwischen Begierde und Herzklopfen wird ihm klar, daß nicht alles von selber seinen Gang nehmen wird wie in seinen ausschweifenden Tagträumen – da dreht Elise sich um.

Haben Sie ihr Gesicht gesehen, Herr Hebbel? Ist Ihnen dieses Lächeln nicht aufgefallen?

Leidenschaftlich, ja. Aber welche Leidenschaft?

Er hat jetzt keine Zeit, darüber nachzudenken. Sein Blick wird längst von etwas anderem angezogen: Elise zieht sich aus. Langsam knöpft sie die 23 Knöpfe ihrer hochgeschlossenen Bluse auf, vom Stehbörtchen bis zur Taille, ja, von oben nach unten, was ihre Geschicklichkeit verrät und ihren Sinn für Effekte.

Sie hatte sich verschenken wollen, hier ist einer, der sie annimmt. Es ist das Lächeln seliger Selbstvergeudung, das ihr Gesicht verklärt. (Sie hätten darauf achten sollen, Herr Hebbel!) Dies ist ihre Stunde. Nichts kann Elise aufhalten. Stück um Stück legt sie ihr Gouvernantentum ab, das ganze spitzenbesetzte, stäbchenverstärkte, bänderdurchzogene Rüstzeug der Jüngferlichkeit, bis es, ein Häufchen weißer Wäsche, vor seinem Bett liegen bleibt. Selig schwimmt sie davon auf den Wogen der Situation, Elise, eine nackte Königin, siegreich.

Es bleibt zu sagen – und daran sehen wir, mit welchem Leichtsinn hier gehandelt wurde –, daß es nur dem Zufall zu verdanken war, wenn zu dieser spätnachmittäglichen Stunde sich nicht die Tür zu Hebbels Zimmer öffnete und Elises Mutter eintrat. Denn es waren nicht die allergeringsten Vorkehrungen getroffen worden, um so etwas zu verhindern.

Was für ein Leben unter einem Dach!

Elise mit ihren sittenstrengen Eltern und ihrem Liebhaber! Hebbel mit diesen biederen, kleinbürgerlichen Wirtsleuten und deren Tochter, die seine Geliebte war!

Konnte das lange so weitergehen? Nein.

Die einzige, die nichts zu bemerken schien von der Mißlichkeit der Situation, war Elise.

Zwischen Mutter und Stiefvater am häuslichen Kaffeetisch führt sie die unbefangensten Gespräche mit Hebbel, der ihr gegenübersitzt. Unmißverständlich schiebt sich ihr nackter Fuß an Hebbels Bein heran, von innen, kurz oberhalb der Stiefel, wo die Waden anfangen. Und während ihre Mutter weitschweifig die Grundregeln der sparsamen Haushaltsführung erläutert, genießt Elise in vollen Zügen die Wonnen heimlicher, verbotener Geschwisterliebe. Elise! Hat sie denn alles über Bord geworfen? Das Gouvernantenethos und die Erinnerung an jene ferne folgenlose Nacht, als sie zum erstenmal so verschwenderisch mit sich selber umgegangen war?

Jawohl. Elise hat sich entschlossen. Sie wird sich nicht beugen unter das Joch der Jüngferlichkeit, der Liebesleere und des guten Rufes.

Unübersehbar sind die Folgen dieses Schrittes, der ungezügelten Entgleisung ihres linken Fußes. Er hat in diesem Augenblick das Element berührt, das ihr so eigen ist, den Strom der maßlos sich verschenkenden

Liebe. Der wird sie mit sich fortreißen, und wir werden sehen, wo er sie hinführen und ob es ihr gelingen wird, nicht unterzugehen. Was für ein Treiben im Hause Ziese!

Keine Tageszeit, die noch heilig ist. Hebbels Arbeitstag ist ohnehin ein wenig ungegliedert. Er besucht philosophische Zirkel und erhält Privatstunden in Latein und Französisch, um das in früher Jugend Versäumte nachzuholen. Mühselig geht er den Bildungsweg des Autodidakten, er lernt, liest, schreibt und läßt sich bei Amalie Schoppe sehen – aber zu jeder möglichen Stunde verfängt er sich in dem Netz, das Elise gesponnen hat, oft schon am Vormittag, zur Mittagszeit oder am frühen Abend.

Nein, das konnte nicht lange so weitergehen. Bald gab es niemanden mehr, der das Leuchten in Elises Augen und das selbstgefällige Wiegen ihrer Hüften mißdeuten konnte. Elise hatte sich verschenkt und damit alle, alle eventuell noch offenen Möglichkeiten.

Niemand wußte das besser als ihre Mutter. Aber was sollte sie tun? Elise war dreißig Jahre alt – zu spät für mütterliches Eingreifen. Sie hatte im übrigen schon lange alle Hoffnungen aufgegeben bezüglich Elise. Der Stiefvater schloß sich ihrer Meinung an. Nachbarn flüsterten und empörten sich. In Amalie Schoppes Kreisen hatte man es nicht anders erwartet. Hebbel war gewarnt worden. Am meisten hielten noch die feinen alten Damen zu Elise. Sie mochten sie einfach. Und die Kinder wußten von nichts.

Elise hielt dem allen stand. Und doch hatte sie nicht ungestraft die Gesetze der bürgerlichen Ordnung verletzt. Wer könnte sich schon immer mit seinen eigenen Augen betrachten? Manchmal wachte Elise auf wie aus einem Traum und sah sich mit den Augen der anderen.

Da lag sie nackt im Bett des Untermieters ihrer Eltern, im hellen Tageslicht eines späten Vormittags. In solchen Augenblicken rechnet Elise mit jeder möglichen Bestrafung. Sie glaubt ins Bodenlose zu fallen wie beim Aufwachen nach jener fernen ersten Nacht. Elise ist stets ein braves Kind gewesen. Immer hat sie es allen recht machen wollen. Jetzt, in ihrem einunddreißigsten Jahr, hat sie mit allen gebrochen, außer mit einem (und mit sich selber). Es wird sie teuer zu stehen kommen.

Die Ordnung ist ein strenger Gott, der unablässigen Tempeldienst verlangt. In diesen späten Vormittagsstunden, wo sie ehemals putzte, kochte, Unterricht gab oder allenfalls Klavier übte, ist Elise abtrünnig geworden, hat sie sich anderen Göttern zugewandt. Das kann nicht ohne Folgen bleiben. Nicht die Arbeit ist es, die sich zu späterer Stunde nachholen läßt, sondern die Abtrünnigkeit, die sich rächen wird.

Wer bin ich denn? fragt Elise, und rings in allen Gesichtern steht die Antwort geschrieben, die sie in Schrecken setzt. Nein, so kann es nicht weitergehen.

Am 5. Mai, sechs Wochen nach seinem Einzug, zieht Hebbel wieder aus, »um alles Gerede zu vermeiden«.

Aus Hebbels Tagebuch am 6. Mai 1835:

»Am gestrigen Tag habe ich Elises Haus wieder verlassen. Ich habe wohl Ursache, den sechs Wochen, die ich bei ihr verlebt habe, ein kleines Denkmal zu setzen, denn so wie mir die Güte gleich beim Eintritt entgegenkam, habe ich die Liebe mit fortgenommen. Das Mädchen hängt unendlich an mir; wenn meine künftige Frau die Hälfte für mich empfindet, so bin ich zufrieden.«

So also stand es um ihn.

Nichts von seinen eigenen Gefühlen? Nichts.

Und welches Denkmal will er ihr setzen? Soll es das schon gewesen sein? Diese paar armen Worte im ›Notenbuch seines Herzens‹? Wenig Erwähnung findet Elise darin. Nicht die Liebe ist es, die dieses Herz bewegt, jedenfalls nicht die Liebe zu ihr. Ungeduldig suchen wir nach ihren Spuren. Und was finden wir?

»Heute abend kam Elise endlich von ihrer Reise zurück.«

Ein Satz wie dieser ist das Äußerste, was uns gewährt wird. Ein einziges Wort, das uns Nahrung gibt: »endlich«! Am 11. Juni wurde dieser Satz geschrieben, fünf Wochen also nach seinem Auszug aus dem Hause Ziese, nachdem er anderswo in der Nachbarschaft Wohnung bezogen hatte.

Elise also hat eine Reise gemacht. Vielleicht hielt man es seitens ihrer Eltern für angezeigt, sie ein wenig fortzuschicken vom Ort ihres allzu offensichtlichen Fehlverhaltens. Wo sie auch gewesen sein mag, zwei oder drei Wochen lang, an welchen Stränden, durch welche Straßen sie auch ging, sie hat nichts anderes getan, als an ihn zu denken, sich nach ihm zu sehnen. Und er? Sie will es wissen. Mit begehrlichen Augen überfliegt sie die Seiten seines Tagebuches, das er ihr freimütig zu lesen gibt. Ein Wort nur, das ihrer Ungeduld entgegenkommt: »endlich«! Alles andere nimmt sie nicht wahr:

»Es ist merkwürdig, wie die Frauen, die am Mann doch nur eben das lieben, was ihrer Natur gerade entgegengesetzt ist, ihn doch so gerne zu dem machen wollen, was sie selbst sind. Sie sind Göttinnen, die seine Sünden vergöttern und ihm diese Sünden dennoch nie vergeben ...«

Hier hättest du besser hinschauen sollen, Elise! Hier ist von *deinen* Sünden die Rede. Oder was hat ihn berechtigt, das Wort »vergöttern« in diesem Zusammenhang zu verwenden? Du hättest ihm das verbieten sollen.

»Sie wird sich wundern, daß ich nur wenig über sie niedergeschrieben habe ...«

Ja, das hat sie wohl. Wie sollte sie das verstehen?

Aber siehe da: Er hat eine tröstliche Wendung angehängt, unmißverständlich dazu bestimmt, von Elise gelesen zu werden:

»... aber sie wird sich nicht mehr wundern, wenn sie sieht, daß ich über Alberti kein Wort niedergeschrieben.«

Leopold Alberti, der Freund, mit dem Hebbel seit seinem Auszug bei Elises Eltern sein Zimmer teilt, der Leidensgenosse, der sich an ihn gehängt hat, um in seinem Schlepptau auch dahin zu gelangen, wo man unter der Sonne des Erfolgs und des Geistes lebt, Alberti, der Verräter, der ihm mit Falschheit und Intrigen das Leben vergällt, indem er versucht, ihn mit Amalie Schoppe zu entzweien, ein falscher Freund, der bald auf unangenehmste Weise aus seinem Leben verschwinden und noch lange der Gegenstand widerwärtiger Erinnerung sein wird – ein Thema vieler Gespräche mit Elise. Was soll es heißen, daß er ihn hier, wo doch die Melodien seines Herzens erklingen sollen, mit Elise in einem Atemzug nennt? Für sie stand der Name an dieser Stelle, und sie hat die Botschaft verstanden:

Nicht wundern soll sie sich, wenn sie feststellt, daß das Herz, in dessen ›Notenbuch‹ sie blättert, nicht von Liebe und enttäuschter Freundschaft bewegt wird, von eitlen, irdischen Dingen, sondern von ewigen Gedanken. Philosophie ist seine Sache, nicht das Leben. Ja, Elise hat verstanden: Eine Frau, ein Freund, das gilt dem Genius gleich, das kann nur leicht die Oberfläche seiner unsterblichen Seele berühren, die im Tiefsten aufgewühlt ist von den ewigen Menschheitsfragen nach Schuld und Schicksal und Ästhetik. Was kann dagegen Elise Lensing sein? In der Unterwerfung liegt ihre Aussicht auf Unsterblichkeit.

Elise! Warum schleudert sie ihm nicht dieses Heft vor die Füße? Warum verlangt sie nicht ihren Platz in seinen Gedanken? (Von seinem Herzen ganz zu schweigen!) Später wird sie ihren Platz in seinem Leben fordern. Aber da ist es längst viel zu spät.

Statt dessen blickt sie ihn an, halb fragend, halb bewundernd, und ist entschlossen, koste es, was es wolle, seiner würdig zu sein. Schon ist sie es geworden, die »Göttin, die seine Sünden vergöttert«. Ein paar Worte von ihm haben sie dazu gemacht. Gerade daß er sie nicht liebt, das gibt ihr die Bestätigung, wie sehr er ihrer Liebe wert ist. Und sie verdoppelt den Eifer, mit dem sie auf ihn eingeht, lächelt, antwortet, ihre Bluse aufknöpft und seiner Zufriedenheit dient. Seit langem ja ist ihr die Niedrigkeit voller Verheißungen, und wie die Braut des Gottes beim Tempeldienst unterwirft sie sich den täglichen Übungen, die ihre Demut stählen.

Ach, Elise, mögest du gnädige Richter finden!

Wenn sie dir die Nadel ins Fleisch stoßen auf der Suche nach den Spuren, die der Umgang mit dem Teufel in ihm hinterlassen hat, dann gebe Gott, daß sie die Stelle nicht finden, wo sich so unübertroffen weich die Haare kräuseln, da, wo das Hirn ins Rükkenmark übergeht, dein Nacken, so sanft gebeugt und so zerbrechlich.

Alles hatte sich geändert. Bisher waren Elises gelegentliche Rückfälle in das Laster der Selbstverschwendung nur der Versuch gewesen, den Beginn des Gouvernantenlebens hinauszuschieben, das ihr doch unausweichlich bevorzustehen schien. Jetzt hatte sie ihm ganz und gar den Rücken gekehrt. Sie hatte sich entschieden.

Dabei lebte sie eigentlich ganz so weiter wie bisher, nett, fleißig, gesellig und tadellos. Sollte irgend jemand etwas gemerkt haben von der Veränderung, die mit Elise vor sich gegangen war? Alle hatten es gemerkt. Sie trug ihre Auserwähltheit zum seligen Unglück wie ein Zeichen an der Stirn. Niemandem konnte es verborgen bleiben.

Manche mögen sie im geheimen beneidet haben darum, daß sie sich Freiheiten nahm, die sie selber sich gerne genommen hätten. Anderen war sie unausstehlich geworden, denen, die es gewohnt waren, auch ihren Nacken zu beugen, aber niemals zu solcher Meisterschaft darin gelangen würden wie Elise, den Zukurzgekommenen, deren Zähne man von Zeit zu Zeit knirschen hörte.

Alle hatten es geahnt, ja von vornherein gewußt, daß diese halbverblühte Jägerin zweier Welten ihr Wild zur Strecke bringen würde. Die alten Geschichten kamen wieder in Umlauf, und Mütter einst heiratswilliger und nun gut verehelichter Söhne priesen sich glücklich.

Unberührt von alledem sitzt Elise unter ihnen, häkelt, stickt und plaudert unbefangen. Manchmal bittet man sie ans Klavier. Elise hat eine Stimme, die ältere Damen mit Rührung an ihre Jugend denken läßt. Und es gibt Lieder, die sie mit geradezu anstößiger Gefühlsinnigkeit vorträgt:

> Plaisirs d'amour ne dûrent qu'un moment,
> chagrins d'amour dûrent toute la vie . . .

Wie wahr, wie wahr. Manche der anwesenden Damen hatten nicht einmal je die momentanen Freuden genossen, geschweige denn die chagrins, so daß ihnen statt der Rührung nur das Zähneknirschen blieb.

Ja, alle hatten es vorausgesagt. Hatte man nicht den jungen Mann vom Lande gewarnt? Niemand wunderte sich, daß er dem Haus, in dem man seiner jünglingshaften Unschuld so unverhohlen nachgestellt hatte, den Rücken kehrte.

Erhaben über alles blieb Elise. Nicht genug, daß sie

weder Worte noch Blicke dieser Art zu bemerken schien – an dämmrig-schwülen Sommerabenden sieht man sie ihr Haus verlassen und mit gerafften Röcken im Schutz der Mauern dahineilen, einen Vorgarten durchqueren, ein paar Stufen hinauf, an einer Türglokke läuten und das Haus betreten, in dem der junge Hebbel Wohnung bezogen hat.

Weiß Elise denn nicht, was sie tut? Aber schon ist sie hinter der Eingangstür verschwunden, und man hört sie die Treppe zu Hebbels Dachstube hinaufeilen.

Was tut eine Frau, die jeden Tag älter wird, um einen neun Jahre jüngeren Mann an sich zu fesseln?

Wir dürfen die Wonnen der Geschwisterliebe, die auch Hebbel empfand, natürlich nicht zu gering veranschlagen: Die Welt, die sie umgab, war ihnen beiden fremd und feindlich. Sie hatte die Tendenz, sie beide auszuschließen, Hebbel, den jungen Habenichts, und Elise, die alte Jungfer. Dünkel und Engherzigkeit, wohin sie blickten – darin verstanden sie sich. Das will heißen: Elise versteht Hebbel, Hebbel wird von Elise verstanden. Hebbel leidet, Elise lindert, er spricht, sie hört zu, er fragt, Elise antwortet. Hebbel ist müde, Elise nicht, man schläft. Elise ist müde, Hebbel nicht, man bleibt wach. Elise sehnt sich nach Berührung, Hebbel möchte reden, man redet. Ihm ist es nach Zärtlichkeiten, ihr nicht, aber Elise knöpft die Bluse auf, und weiß Gott, was sie noch alles tut.

Es genügt nicht. Sie verdoppelt ihre Anstrengungen: nein. Unverdrossen macht sie sich selber zum Geschenk und spart mit nichts. Ja, Elise ist die Grille und nicht die Ameise. Sie singt und singt und singt den ganzen Sommer lang, und wenn der Herbst kommt, hat sie nichts mehr, wovon sie leben kann.

Niemand, der sie warnt. Ahnungslos lebt sie in der Gewißheit, daß die Liebe den Gesetzen des Himmels gehorcht, der die Erniedrigten erhöht und die Hingabe belohnt.

Achtung, Elise! Bald wirst du einunddreißig sein. Hast du bedacht, wie du mit fünfunddreißig leben wirst oder mit vierzig? Hast du jemals gefragt, wer sich für dich hingibt oder ob auch du geliebt wirst? Ihre »Güte« wird hervorgehoben. Edel nennt er sie und selbstlos. Nein, Elise ist nicht dumm. Die Beiläufigkeit, die solchen Äußerungen anhaftet, hat sie wohl bemerkt. (Sie ist das schon gewohnt von ihrer Kindheit her: Elise, das brave Mädchen, das gute Kind.) Aber es scheint ihr zu genügen, daß sie – vorläufig – nicht verschmäht wird.

Ein anderes, ein ganz und gar irdisches Gesetz ist in Kraft getreten: Was uns im Übermaß angeboten wird, das verliert bald seinen Wert. Alles war knapp im Leben des jungen Hebbel, Geld, Bildung, Wohlstand, Ansehen. Das einzige, was sich ihm reichlich und in Fülle bot, das war Elise. Wie sollte er in ihr etwas besonders Kostbares sehen? Ihre Liebe ersparte es ihm, sie seinerseits zu lieben. Warum sollte er? Wie dumm wäre er gewesen, sie abzuweisen! Wie dumm, sie zu lieben! Er nimmt die Beweise ihrer Zuneigung entgegen. Das ist alles, was ihm zu tun bleibt.

Unselige Inflation! Immer rascher teilt Elise aus vom Vorrat ihres Lebens, ihrer Jugend, ihrer Zärtlichkeiten. Schon greift sie ihre Ressourcen an. Wir kennen sie. Vor nichts, was ihr eigen ist, macht sie halt. Elise hat sich selbst verschenkt, nun zögert sie nicht, ihr Vermögen anzugreifen, so klein es übrigens ist.

Hebbel ist beschämt. Nicht, daß sie ihn aushält, das wäre zuviel gesagt. Für sein Auskommen ist im bescheidensten Rahmen ja gesorgt. Aber beschenkt wird er doch oft von ihr. An Kleidung, ja an Wäsche hat es ihm gefehlt. Elise gleicht den Mangel aus, unauffällig, taktvoll, Peinlichkeiten, soweit es geht, vermeidend.

Bücher, von deren Besitz er bisher nur träumen konnte, macht sie ihm zum Geschenk. Von den Mahlzeiten im Hause Ziese ganz zu schweigen.

Ja, Hebbel hat ein ungutes Gefühl dabei. Was für ein feines Netz hat man ihm da übergeworfen? Nicht daß er keine Möglichkeit gehabt hätte, sich daraus zu befreien – ein Schlußstrich, ein paar harte Worte. Dann hätte man ihm nur einmal und nicht ein Leben lang den Vorwurf machen können, daß er undankbar sei. Warum tat er es nicht? Hat er sie etwa doch geliebt?

Wer weiß schon, wer wen liebt? Doch eins steht fest:

Liebenswert ist sie gewesen, in ihrem lächelnden Übereifer, ihrer Beflissenheit bei den Exzessen ihrer Selbstvergeudung. Dieser sanft gebeugte Nacken, die flinken Schritte auf der Treppe, diese Zärtlichkeit und der Sinn für Effekte! Elise leuchtet, indem sie vergeht. Sie ist die brennende Kerze. Wie gern hat er sich in ihrem Schein gewärmt! Solange sie brannte. Nein, er war nicht blind für das, was ihren Reiz ausmachte. Er findet auch Worte dafür: »Unendliche Liebe«, »zahllose Opfer«, »dein edles Wesen« – wie könnte er der große Dichter sein, wenn ihm der Sinn für dergleichen fehlte, für diesen rührenden Irrtum, diese folgenreiche Verwechslung von Himmel und Erde.

Wir wollen keine Krämerseelen sein. Wir sind nicht kleinlich. Seht ihr Lächeln! Seht, wie siegessicher Elises Hüften schwingen! Und denken wir an die Beschränktheit des Gouvernantenlebens – dann kann kein Zweifel sein über Elises Gewinn.

Aber was bleibt?

Am 27. März 1836, ein Jahr nach seiner Ankunft, verläßt der junge Hebbel Hamburg, um in Heidelberg zu studieren. Die Kosten trägt Elise. Am 30. März 1839 kommt er zurück.

Drei Jahre? Ja, drei Jahre.

Als Hebbel Hamburg verläßt, ist Elise einunddreißig. Wenn er wiederkommt, wird sie bald fünfunddreißig sein.

Er reist zu Fuß. Ein Stück weit hat sie ihn begleitet, dann, als rechts und links der Straße das freie Feld beginnt, bleibt sie zurück. Es ist ein wunderbarer Abschied, so süß und zärtlich und melancholisch, wie nur irgendein Abschied sein kann. Bei solchen Auftritten hat Elise ihre große Stunde. Geben, Loslassen, Gewähren, das ist ihr Element. Wie gut sie ihr steht, die kleine Geste des Verzichts, die Entsagung! Da reißt das junge Genie sich los aus den weichen Armen der Liebe und strebt in die rauhe Welt hinaus, und sie bleibt stehen, wird langsam immer kleiner, arm, zusammengesunken. Jetzt beginnen die Schmerzen. Und für ihn hat die Zukunft begonnen. Nichts kann ihn aufhalten, rüstig schreitet er aus, verschwindet am Horizont und drei Jahre vergehen im Zeitraffer, bis sie ihm wieder entgegeneilt. Für drei Jahre ist Elise nichts als eine Briefadresse, ein Schatten, von dem Gegenstand, der ihn erzeugt, getrennt. Sie, die eben noch so kräftig leuchtete, steht jetzt im Dunkeln. Was wissen wir über diese drei Jahre? Nicht einmal die Briefe, die sie schrieb, zuerst nach Heidelberg und dann nach München, sind uns erhalten. Der Empfänger hielt es wohl nicht der Mühe wert, sie aufzubewahren. Ja, es sind die Jahre, in denen Elise ihren bescheidenen Platz in der Literaturgeschichte einnimmt, als Adressatin der Briefe Friedrich Hebbels und als seine Mäzenin nebenbei, die, er hat das später freimütig bezeugt, sein Studium finanzierte.

Und was noch? Sollen wir wirklich annehmen, daß Elise drei Jahre lang auf nichts anderes hofft als auf die Post? Sie wird ihr altes Leben wieder gelebt haben: ein bißchen Gesellschafterin, ein bißchen Gouvernante, die unverheiratete Tochter im Hause ihrer Eltern. Sie hat sich immer zu beschäftigen gewußt. Ihre Hände sind leer, aber sie weiß sie nützlich zu betätigen. Sie hat ein gewisses Talent, sich unentbehrlich zu machen. Und so verbringt sie die Sommer auf Rügen mit einer dieser alten Damen, als Reisebegleiterin, auch so eine Art Beruf. Sie ist amüsant, und sie ist zuverlässig, man hat Verwendung für Elise.

Nein, ihre Hände ruhen nicht drei Jahre lang im Schoß. Sie hat auch nicht drei Jahre lang in ihrem Kämmerlein gesessen und sich die Augen ausgeweint. Sie ist einfach auf dem einmal beschrittenen Weg weitergegangen: sich an Friedrich Hebbel zu verschwenden. Und kann sie selbst ihn nicht mehr erreichen, so kann es doch ihr Geld.

1840 wird Hebbel an Amalie Schoppe schreiben:

»Woher nahm ich aber das Unentbehrliche, wie machte ich es möglich, anständig zu wohnen, mich anständig zu kleiden und überhaupt zu leben? Sie haben soviel geforscht, welch ein Verhältnis zwischen mir und dem Fräulein Lensing bestehe; erfahren Sie es jetzt: Es war das Verhältnis eines Menschen zu seinem Schutzgeist ... Sie schoß mir nach und nach, alles in eins gerechnet, eine Summe von 500 Rtl vor; ja, sie tat, um mein Gemüt von seiner drückendsten Sorge zu befreien, noch mehr, sie unterstützte meine Mutter, sandte ihr, was ich wußte, halbjährlich die Miete, und erfreute sie, was ich nicht wußte, außerdem noch mit Geld- und sonstigen Geschenken ...«

War das nötig, Elise? Mußtest du wieder so übertreiben? Diesmal wird es dich teuer zu stehen kommen. Diesmal bist du wirklich zu weit gegangen.

Von nun an wird die Verpflichtung zur Dankbarkeit Hebbels Verhältnis zu Elise vergiften. Nichts aber verträgt sich schlechter mit Dankbarkeit als die Liebe, und so hat Elise sich um die letzte Chance gebracht, von ihm wiedergeliebt zu werden. Am 18. Juni 1837 schreibt er aus München:

»Auch wüßte ich mich aus einer langen Strecke Vergangenheit keines unreinen Schmerzes von solcher Widerlichkeit zu erinnern, als derjenige ist, womit der Gedanke mich erfüllt, daß Du der Humanität bloß darum geopfert hast, um die Göttin von ihrem Altar zu verdrängen und dein eignes Bild hinaufzusetzen.«

»Keines unreinen Schmerzes von solcher Widerlichkeit« – da hast du's, Elise. Ist denn die Selbstvergeudung so nah mit der Selbstsucht verwandt? Entscheidend ist, daß er es so gesehen hat. Der Fehler war nicht wiedergutzumachen. Und welch ein Fehler!

Es sind die Jahre, in denen alles zur Neige geht: die Jugend, die Schönheit und das Vermögen. Die Jahre, in denen eine Frau unmerklich, aber endgültig über ihren Höhepunkt hinüberblüht. Elise wird nie wieder dieselbe sein, die sie mit einunddreißig gewesen ist, nie wieder glatte Haut haben, nie wieder ohne dunkle Schatten unter den Augen sein. Nie wieder wird ihr Busen sich von selber tragen. Nie wieder werden die blauen Adern von ihren Oberschenkeln verschwinden.

Wenn Elise ihr Geld zählt, wenn sie früh morgens ihr Gesicht im Spiegel sieht, beschleicht sie dieselbe abgründige Angst: Wovon soll sie leben, wenn er wiederkommt? Was soll sie verschwenden, wenn die Vorräte aufgezehrt sind?

Nein, diese drei Jahre sind kein Atemholen gewesen, kein kurzer Traum zwischen Abschied und Wiedersehen. Sie sind Stunde für Stunde, Tag für Tag ins Land gegangen und haben Elise um manches ärmer gemacht, was ihr später fehlen wird. Ob sie sicher war, daß er wieder zurückkommt? Oder ob sie gefürchtet hat, ihn nie wiederzusehen? Immerhin: So weit er war, sie hielt ihn an der kurzen Leine seiner moralischen Verpflichtung.

Er ist zurückgekommen. Aber er hat ihr das nie verziehen.

Nein, die Briefe, die sie bekam, konnten Elises Sehnsucht keine Nahrung bieten. Nichts als hohe Gedanken, keine tiefen Gefühle. Sie spiegelten die Welt, aber in keinem Wort Elise wider. Jedenfalls nicht die zärtliche, die liebenswerte Elise. Und wie sollte sie zärtlich und liebenswert sein, wenn sie es für ihn nicht war?

So beging sie den Fehler und mahnte ihn an seine Verpflichtungen. Hatte sie nicht genug bezahlt, Geld, Ansehen und Jahre? Wie einfach schien das alles zu sein: Er hat sich ein paar Jahre in der Welt umgetan. Er ist jung und begabt, das steht ihm zu. Dann kehrt er zurück als gereifter Mann im Glanz erworbener akademischer Würden, um in Hamburg ein entsprechendes Amt zu bekleiden und die Frau zu heiraten, die dort auf ihn wartet. Wer könnte etwas dagegen einwenden?

Friedrich Hebbel:

»Meinen Ansichten über die Ehe wünsche ich keinen Beifall, am wenigsten unter dem weiblichen Geschlecht ... Mir wird alles Unveränderliche zur Schranke und alle Schranke zur Beschränkung ... Ich kann alles, nur das nicht, was ich muß.«

Es ist das alte Lied vom Falken. Ein Jahr lang hat sie ihm sein Gefieder mit Gold geschmückt, dann ist er fortgeflogen. Jetzt, wo er mitten im Fluge ist, will sie ihm die Flügel stutzen?

Da sitzt Elise in Hamburg. Es ist Herbst. Der Sommer ist vorübergegangen, und es ist nichts geschehen. Sie sitzt in den geschlossenen vier Wänden ihres Zimmers. Keine Einladung heute, niemand wird kommen. Ein Gefängnis könnte nicht unentrinnbarer sein. Draußen ist es dunkel und stürmisch. Der Abend ist spät. Nicht einmal ein Gang durch Hamburgs nächtliche Straßen ist ihr erlaubt. Mit einer Sehnsucht, die kaum noch erträglich ist, denkt Elise an den Ort der Freiheit und der ungezählten Möglichkeiten, München zum Beispiel. Es ist nicht einmal der Mann, nach dem sie sich sehnt, es ist die Möglichkeit, die erste beste, die sie herbeiwünscht, dieses Zimmer zu verlassen, andere Räume zu betreten, ihm nachzufliegen.

Auch er sitzt allein, auch er zwischen den Wänden. Sein Zimmer ist ungeheizt. Für Feuerung hat er kein Geld. Ja, er hat kalte Füße, und auch das Herz ist ihm keineswegs warm geworden vom Leben in der heiteren, musenbeschwingten Stadt. Denn es findet ohne ihn statt. Es fehlt ihm an Geld, an Beziehungen, an Freunden. Ja, an Möglichkeiten fehlt es auch ihm. An seinem Fenster zieht eine Gruppe singender Studenten vorbei. So nah ist der Ort, an dem er gerne wäre, so nah. Aber auch er ist der Vogel mit den hängenden Flügeln, auch er gefangen. Wenn du wüßtest, Elise!

Immerhin kann er sein Zimmer verlassen. Einen Spaziergang wird er machen, tief die Luft einatmen, die von den fernen Bergen und aus den nahen Bierkellern weht. Einiges wird er sehen und hören auf seinem Gang durch Münchens Straßen und mit warmgelaufenen Füßen zurückkehren in sein kaltes Zimmer. Nein, er ist nicht der freie Falke, den Elise in ihm sieht. Das macht die Perspektive der Zurückgebliebenen. Niemand kann die Fesseln der Beschränktheit schmerzlicher empfinden als er. In Hamburg wie in München dieses ewige Ungenügen, die Qual in geschlossenen Zimmern! Gott sende sie endlich zusammen!

Der Wunsch klingt frommer, als er ist. Wie viele unheilige Wünsche wird er erfüllt werden, aber auf eine Art, die nicht in ihm beschlossen war: Zusammen in einem Zimmer werden sie dasselbe Ungenügen doppelt empfinden, und ihre Qual wird sich ins Unerträgliche steigern, bis der, der Flügel hat, davonfliegen wird und nie mehr wiederkehren.

Dann war da noch die Sache mit der Treue.

Niemand erwartete von Hebbel, jung und erfahrungshungrig, daß er drei Jahre lang Elise treu war.

Er war's auch nicht. Eine junge Münchnerin hatte es ihm angetan, Josepha Schwarz, genannt Beppi, die allem Anschein nach so war wie ihr Name: sinnlich und lieb und außerdem so sympathisch, daß es uns schwerfällt, in Elises Namen eifersüchtig zu sein. Soll er sie also gehabt haben!

Aber Elise. Wären wir bereit, auch ihr so leicht zu verzeihen? Ist das überhaupt denkbar: die Edle, Treue, Gute und ein anderer Mann?

Oder läßt sich die Frage auch umkehren: Ist es überhaupt denkbar, daß sie ihm treu war, Elise, eine erfahrene Frau, Anfang Dreißig, einem jungen Studenten, der nie einen Hehl daraus gemacht hatte, daß er sie nicht liebte und noch viel weniger zu heiraten gedachte und dessen Rückkehr schließlich äußerst ungewiß war?

Natürlich ist es denkbar, sogar wahrscheinlich nach allem, was wir über Elise wissen. Dazu wäre sie wohl fähig gewesen. Auch ist es ja nicht immer ganz leicht, zwischen Treue und Mangel an Gelegenheit zu unterscheiden. Aber denkbar ist auch dies:

Blauer Himmel über Rügen, und Elise im weißen Kleid steigt in die Kreidefelsen. Ihr Rocksaum spielt um sommerlich gebräunte Fesseln, und wer etwa hinter ihr herstiege, würde seinen Blick nicht davon abwenden können, wie Elise so sicher und selbstgefällig ihre Füße auf die Kreide setzt. Welcher Blick auf die Ostsee von Rügen an blauen Augusttagen! Elise ist es warm geworden vom Steigen. Sie hat sich hingesetzt, um etwas auszuruhen, den Blick aufs Meer gerichtet. Hat sie nun doch die Sehnsucht überwältigt, träumt sie nun doch in blaue Fernen? Aber nein. Elise lacht, Elise plaudert, Elise ist nicht allein.

Sie schlägt die Beine übereinander und stützt sich nach hinten auf die Arme. Sie läßt ihre Fußspitzen wippen und ihren Kopf im Nacken ruhn – die Geste des Übermuts und nicht der Demut! So kennen wir Elise gar nicht. Ein junger Mann hat in der Nähe ihrer Füße Platz genommen. Es ist derselbe, der noch immer auf ihre Knöchel starrt. Unmißverständlich ist die Sprache ihres wippenden Schuhs! Sie hat ihre Gunst zu verschenken, nicht mehr sich selbst. Zerstreut blickt Elise über den Kopf des jungen Mannes hinweg aufs Meer, als ob sie noch unschlüssig sei, während es in Wahrheit natürlich längst geschehen ist und der Beschenkte sprachlos vor Glück mit beiden Händen andächtig ihre Fesseln umspannt.

Nie trug Elise so hübsch den Sonnenschirm über der Schulter wie in diesem Sommer. Nie warf sie so die Röcke übers Knie, wenn sie sich setzte. Bisher war es ihr stets so ergangen, daß sie an der Seite eines Mannes in ein Nichts zusammenschrumpfte. Immer war sie ganz Horcherin und Antwort gewesen, unfähig, der Versuchung zu widerstehen, sich in den Staub zu werfen. Hier war es anders.

Auch er war jünger als Elise, auch er war blond und ziemlich unerfahren. Ja, der Verdacht liegt nahe, daß Elise gegen die schräg fallenden Strahlen der Nachmittagssonne, die zudem noch vom Meer reflektiert wurden, die Augen etwas zukniff und in der einen jungen blonden Männergestalt die andere junge blonde Männergestalt sah, die sie so lange herbeigesehnt hatte. Vom strahlenden Licht ihres Selbstbetrugs geblendet, glaubte sie vielleicht sogar, daß es immer, auch mit Hebbel, so gewesen sei, so leicht, so spielerisch und ganz nach ihrem Willen.

Wir haben gesehen, was der junge Mann sich mit ihren Fußgelenken erlaubte. Er wird weitergehen. Nichts deutet darauf hin, daß sie die Absicht hat, ihn daran zu hindern. Ihre nach hinten gebeugte Haltung, die uns zunächst als Ausdruck ihrer Überlegenheit erschien, wie leicht kann sie sich in Hingabe verwandeln. Sie wird es tun, noch ehe die Sonne über der Ostsee untergegangen ist.

Wie schön sind diese blauen Sommerbilder, wie fließend die Übergänge zwischen Traum und Wirklichkeit. Elise kehrt nach Hamburg zurück und verwandelt sich wieder in die alte traurige Briefschreiberin. Ein Winter steht ihr noch bevor. Dann wird sie Friedrich Hebbel wiedersehen.

Die Bräune des Sommers auf Rügen ist längst verblaßt. Elise ist schlanker geworden, als sie vorher war. Um es genau zu sagen: Sie ist viel zu dünn. Überdeutlich sind die Falten unter ihren Augen und neben ihren Mundwinkeln. Zu wenig Polster ist da, zu wenig Rundung. Gut, daß Elise im Zeitalter der Zugeknöpftheit lebt. Kleine, runde, stoffüberzogene Knöpfe bilden eine Linie über ihrem Busen, die in jedem, auch im entgegengesetzten Fall, Üppigkeit verheißt. Darunter weite, angekrauste Röcke. Nichts, was die wahren Konturen von Elises Körper zeigt, die Spuren der Jahre und Entbehrungen, die zu entdecken dem vorbehalten bleibt, der unter Entbehrungen seinerseits jetzt von Süden nach Norden unterwegs ist.

März – das klingt nach Vorfrühling und weicher brauner Erde, doch der März 1839 war kalt. Von München bis Göttingen Frost und gelegentlich Schneefälle, nasser schmutziger Schnee, der an den Stiefeln hängen blieb und die Wege grundlos machte. Das letzte Stück bis Hamburg dann Regen, was noch schlimmer war. Alles kalt und durchnäßt, die Stiefel wurden nicht mehr trocken über Nacht in den Wirtshäusern, und der kleine Hund, den er von München mitgenommen hatte, war dem Tode nahe und mußte getragen werden.

Zwanzig Tage lang ist er unterwegs gewesen. Von Nürnberg nach Fürth mit der Eisenbahn, sonst fast immer zu Fuß. Zuerst war er noch der muntere Wandergeselle. »Lieder« wurden »gesungen oder gedichtet; lustig bergauf, lustiger bergab«. Die Welt ist vor seine Füße gebreitet, sonnenbeschienen und frostklar. Spätestens aber ab Göttingen, als er die Regenfront durchschritten hat, verstummen die Lieder. »Nun war das Marschieren eine Arbeit.« Die Schmerzen in seinen Füßen sind unerträglich geworden. Er ist schwer erkältet. Das Hündchen muß sich nächtelang erbrechen und zittert bei Tag in seinen Armen. Ein Bauer bietet sich an, es zu töten. Aber er trägt es weiter, dies geschundene bißchen Leben, Richtung Norden.

Immer stärker spürt er den Gegenwind, der ihm ins Gesicht bläst. Immer mühsamer setzt er die Füße voreinander, je mehr er sich Hamburg zu nähern beginnt.

Warum nur kommt der Wind immer von vorn? Warum bläst er ihm nicht in den Rücken? Alles verdirbt ihm die Laune, das Wetter, die Wirtshäuser und die Reisebekanntschaften. Noch auf den Bergen des Thüringer Waldes spürt er, wie seine Brust sich dehnt beim Anblick der Täler und Höhen, später, in den norddeutschen Niederungen, wird ihm das Atmen schwer, und die Luft fährt als Schmerz in seinen entzündeten Hals.

Im Grunde hat er's gewußt: Es ist nicht die Kälte, der Wind, der Regen, was ihm so zusetzt – es ist die Richtung, die nicht stimmt. Das macht ihm diesen Weg so sauer. Er kommt daher, wo er nicht bleiben konnte, und geht dahin, wohin er nicht will. Nichts ist so, wie es sein sollte. Er geht von der Falschen weg und zu der Falschen hin. Darum kämpft er so wütend, darum schreitet er so verbissen aus. Wer kennt nicht diese verzweifelte Ausdauer, mit der man das Falsche tut! Wenn er das Ziel seiner Wünsche – was immer das war – vor Augen gewußt hätte, mit bloßen Füßen wäre er unversehrt durch die Wüste gegangen. In Hamburg aber wartet auf ihn – Elise.

Hebbels langer Marsch. Das war nicht der Weg des jungen Dichters in die Selbstverwirklichung. Den ist er später ganz woandershin gegangen. Es war ein Irrweg. Zwei Tagesreisen vor Hamburg ist er endgültig in den Regionen des Alptraums angekommen:

»Ich irrte auf der Landstrasse umher und fand zuletzt in einem Bauernhofe Aufnahme. Eine unheimliche Nacht; schmutzige Betten, häßliche Menschen im Hause. Mein Zimmer war nicht zu verriegeln, nicht einmal die Fenster hatten Läden; frech und kalt schien der Mond hinein . . .«

Am Morgen geht er weiter nach Harburg, wohin ihm Elise entgegenkommen will, der er von Göttingen aus geschrieben hat, wann er hier eintreffen wird. Plötzlich, nach einer Wegbiegung, hat er die Türme von Hamburg vor Augen, ein »beklemmendes Gefühl«.

Was hilft es, daß er noch Jahre später, in Kopenhagen, wo er einen Bericht dieser Reise verfaßt hat, sich selber belügt? »Ein Wolkenheer und nur ein einziger Stern: Elise.«

Ja, er kehrt zu ihr zurück. Wohin hätte er auch sonst gehen sollen? Es war ein »schmerzlich-süßes Wiedersehen, denn auch wir standen nicht zueinander, wie wir sollten . . .« Elise kommt nachmittags mit dem Dampfschiff in Harburg an. Sie rechnet nicht damit, daß er schon da ist, eher, daß sie auf ihn warten muß. Sie würde sich nicht einmal wundern, wenn er einen oder zwei Tage später käme. Hebbel hat eine Neigung zur Unpünktlichkeit. Aber sie hat sich vorgenommen, nicht ohne ihn nach Hamburg zurückzukehren, und wenn sie tagelang auf ihn warten müßte.

Nun ist er schon da und wartet auf sie.

Was für ein kostbarer Augenblick, als das Dampfschiff tuckernd an der Hafenmauer anlegt, und Elise steht mit klopfendem Herzen an der Reling! Wie hat sie ihn drei Jahre lang herbeigesehnt! Wie wird sie ihn noch fünfzehn Jahre lang in ihrer Erinnerung beschwören! Sie wird ihm den Namen »Glück« geben, im voraus und im nachhinein, was im Moment eigentlich nur als unerträgliche Spannung und Aufgeregtheit empfunden wird. Da sehnen wir eine Begegnung herbei, Tag und Nacht denken wir an nichts als das; und wenn es soweit ist, bricht uns der Schweiß aus, wir spüren diesen unerträglichen Schmerz in der Brust und sind vollauf damit beschäftigt, das Zittern unserer Hände zu unterdrücken. Ganz allmählich beruhigen wir uns bei dem Gedanken, daß wir glücklich gewesen sind. Aber da ist es auch schon vorbei, und wir machen uns bereit für den nächsten Abschied.

Ja, das Glück ist, am eigenen Leibe erlebt, immer peinlich, und wir fühlen uns den Schmerzen der Trennung eher gewachsen als den Freuden des Wiedersehens.

Elise hat ihn schon vom Schiff aus entdeckt: eine müde, abgerissene Gestalt, die an einer Mauer lehnt. Mit zitternden Knien betritt sie das Land, in der Hand eine Reisetasche voll Proviant und sauberer Wäsche. Ein paar Schritte hat sie noch zu tun, dann wird sie bei ihm sein, der weiter unbeweglich stehenbleibt und ihr entgegensieht.

Das also war die Choreographie ihres Wiedersehens: Er steht, und sie geht auf ihn zu. War es nicht umgekehrt? Ist er nicht auf dem Weg zu ihr gewesen, die ihn erwartet? War sie nicht die, die anzieht, er, der folgt? Das war es doch, was sie sich tausendfach vorgestellt hatte, daß sie ihn erwartet, lächelnd im Gasthaus sitzend, mit übereinandergeschlagenen Beinen, während er auf sie zukommt.

Mit der Genauigkeit eines Naturgesetzes ist nun das Gegenteil eingetreten: Mit unsicheren Schritten geht sie auf ihn zu und mit einem Lächeln, das längst ihrer Kontrolle entglitten ist. Darauf war sie nicht vorbereitet. Aber sie hätte es wissen müssen. Es ist das Muster, von dem nie abgewichen wird, das stets das gleiche bleibt, ohne Rücksicht auf die Tatsächlichkeit der Verhältnisse: Er steht, sie geht, er nimmt, sie gibt, sie liebt, er läßt es geschehen.

Jetzt ist sie bei ihm, und er nimmt ihren Kopf zwischen seine Hände, ihr von Wind und Aufregung gerötetes Gesicht, dann läßt er es wieder los:

»Es war ein schmerzlich-süßes Wiedersehen, denn auch wir standen nicht zueinander, wie wir sollten ...«

Mein Gott, wer jetzt käme und Elise an die Hand nähme! Nie war sie kindlicher und verletzlicher als jetzt. Wie hat sie sich gefreut! Wie hat sie alles auf diese eine Karte gesetzt. Sie hat gewonnen. Er ist zurückgekommen. Aber alles ist anders, als sie es sich vorgestellt hat.

Sie hat versäumt, sich vorzustellen, wie müde er sein wird, wie schmutzig und wie verzweifelt. Freut er sich denn gar nicht, sie wiederzusehen? Sie weiß, daß es falsch ist, da hat sie die Frage schon gestellt. Stumm geht er neben ihr her. So viel hat er zu schreiben gewußt. So wenig weiß er zu reden. Der struppige Hund, mit dem er so vertraut ist, ist ihr unsympathisch. Hunde sind hündisch. Hunde sind ihr zuwider. Sie wird ihn bitten, ihn abzuschaffen. Natürlich wird er ihn behalten. Am Hafen ist es kalt. Im Gasthof ist es wärmer. Ob Hebbel Hunger hat? Elise hat keinen. Sie hat drei Jahre lang Zeit zum Essen gehabt. Hebbel ist zwanzig Tage unterwegs gewesen. Er ißt, bis er satt ist. Wie soll er sprechen beim Essen? Das sieht Elise ein. Darum ist sie es, die spricht. Sie kann ja nicht schweigend zusehen, wie er ißt.

Lauter Hamburger Nichtigkeiten. Während Elise spricht, damit keine Pause entsteht, spürt sie es selber: Jedes Wort, das sie sagt, stellt sie bloß. Sie hat die Zeit mit Warten verbracht, mehr hat sie nicht zu melden. Es ist alles beim Alten geblieben. Der Sommer auf Rügen bleibt unerwähnt.

Und er, was hat er erlebt? Sie hat ihn in die Welt geschickt, nun wäre es an ihm, zu erzählen. Aber auch diese Pflicht nimmt sie ihm ab. Er hat ihr ja geschrieben! Sieht sie nicht, was mit ihm los ist? »Ich bin so müde, Elise, ich bin so müde.« Nein, sie standen nicht zueinander, wie sie sollten. »... und schlecht vergalt ich ihr ihre unendliche Liebe, ihre zahllosen Opfer, durch ein dumpfes, lebefaules Wesen.«

Noch vier Jahre später in Kopenhagen wußte er sich zu erinnern an die Peinlichkeit dieses Abends.

Sie war nicht ausgestanden mit dem Ende des Essens. Unausweichlich kam die Frage der Nacht auf sie zu. Es ging kein Schiff mehr nach Hamburg. Und die Gasthäuser in Harburg waren ausgestattet wie Gasthäuser überall mit Einzel- und Doppelzimmern. Die ungeklärten Verhältnisse, bei Tageslicht mögen sie noch erträglich sein, Tische werden gedeckt, Spazierwege gemacht, Gespräche geführt. Aber unerträglich sind sie bei Nacht. Im Dunkeln muß geklärt werden, was besser im Unklaren geblieben wäre. Hebbel verlangt ein Licht. Nie ist ihm deutlicher bewußt geworden, daß er seit zwanzig Tagen auf dem falschen Weg ist, als jetzt, da er über irgendeine knarrende Türschwelle irgendein Zimmer betreten hat, gefolgt von Elise. Noch hier, kurz vor dem Ziel, kann er den Gegenwind spüren. Nein, hier wollte er nicht hin! Er ist einfach zu müde, um sich dem Sog der Situation zu widersetzen.

Auch Elise hat er erfaßt. Ist es ihre Schuld, daß Paare hier als Paare angesehen werden, zumal im Land der Matrosen und Seemannsbräute? Ist es ihre Sache, zu protestieren?

Schon fällt die Tür ins Schloß. Schon sind sie allein.

Vor wenigen Stunden noch hätte Elise geschworen, daß es ihr ein für allemal zu ihrem Glück genügen würde, ihn nur gesund wiederzusehen. Jetzt ist sie den Tränen nahe. Wie anders ist alles im Reich der vollendeten Tatsachen! Und wer ein Doppelzimmer betritt, der hat es betreten. Es ist die vollendete Tatsache schlechthin.

Das ist das Prinzip der lebenslänglichen Ehebetten: Es bleibt keine Wahl.

Hier bleibt nur der Ausweg des unverzüglichen Einschlafens. »Ich bin so müde, Elise, ich bin so müde.« In seinen schmutzigen Reisekleidern hat er sich mitten aufs Bett gelegt. Zwei Stunden später schiebt Elise ihn ein Stück zur Seite und legt sich vorsichtig daneben, auch sie in geschlossenen Kleidern. Das Licht war heruntergebrannt.

Elise hat ein bißchen geweint in dieser Nacht und lange wach gelegen. So etwas geht vorüber. Am Morgen sieht man die beiden Hand in Hand am Hafen stehen. Aber der Eindruck täuscht.

Diese Nacht ist eine von Elises üblichen Niederlagen gewesen. Nicht, weil es ihr mißlungen wäre, ihn zu verführen. Das ist nur eine Frage der Zeit. In wenigen Tagen wird sein Kopf wieder an ihrem Nacken lehnen, wo er vor Jahren war. Nein, etwas hat sich begeben in dieser Nacht, was sich wie eine Folge von Fällen durch Elises Leben zieht: Rückfälle, Kniefälle, Sündenfälle. Hier ist es vor allem ein Kniefall gewesen, ein Kniefall ihrer Seele.

Wenn Elise erlebt, daß sich die Wirklichkeit zu weit von ihren Wünschen entfernt, dann ändert sie die Wünsche, nicht die Wirklichkeit. Was immer sie geträumt hat, sie macht die Augen auf und erklärt unbeirrbar: Dies ist es, was ich wollte. So ist es mir recht. An einem grauen Morgen südlich von Hamburg liegt sie in einem schäbigen Hotelbett, und neben ihr schläft ein blasser, ungewaschener Mann in seinen Kleidern –, da ist Elise schon wieder bereit, ihn zu lieben, wie er daliegt, samt Reisekleidung und Hotelzimmer. Aber es ist ein Gewaltakt. Eine Nacht lang hat Elise mit ihrer Empörung gekämpft, erst im Morgengrauen hat sie sie besiegt. In Wahrheit hat sie verloren. Seine Art von Wiedersehen hat stattgefunden, nicht ihre. Sie hat ihren Nacken gebeugt unter das Joch dieser Tatsache. Sie hat sich angepaßt. Ein Kniefall ist es gewesen, der Elise Kraft und Überwindung gekostet hat und den Schlaf einer Nacht. Ja, Elise ist ganz in ihrem alten Fahrwasser. Kaum ist sie ein paar Stunden mit Friedrich Hebbel zusammen, da hat sie schon wieder ein Stück von sich verschenkt. Schon ist sie vertan, die Chance eines Neubeginns, das Leben unter anderen Vorzeichen.

Befriedigt ist Elise nach solchen Kämpfen, in denen sie ihre Wünsche und Hoffnungen besiegt hat. Eine Art Frömmigkeit ist es, was sie empfindet, der Friede in geschlossenen Klostermauern. Hat man ihr nicht von früh an empfohlen, Demut und Selbstüberwindung zu üben? Still fühlt Elise sich einig mit dem braven Mädchen, dem guten Kind, das sie einmal war.

Als Hebbel aufwacht, ist sie lieb und heiter. Er macht die Augen auf und sieht ihr ins Gesicht. Ja, das ist Elise. Er erkennt sie wieder.

Am Nachmittag geht ein Dampfer nach Hamburg, wo sie um 6 Uhr abends ankommen, Hebbel »äußerst erkältet« und mit zerrissenen Stiefeln.

Elise hat dieselbe Kammer für ihn gemietet, die er vor Jahren hatte, nicht weit von ihrer Wohnung am Stadtdeich. Seine alten Bücher, Blumen, das Bett ist bezogen. Er kennt Elise schlecht, wenn er geglaubt hat, daß sie seiner Ankunft untätig entgegensieht. Und wie gut kennt Elise ihn? Hat sie geglaubt, daß er sie jubelnd über die Schwelle trägt?

»Voll Frost und Kopfweh« legt er sich früh zu Bett. »Ich bin so müde, Elise, ich bin so müde.« Aber da ist Elise schon gegangen.

Sein Tagebuch verzeichnet, daß er an diesem Abend Gutzkows ›Seraphine‹ las. Das war Hebbels erster Abend in Hamburg.

Drei Jahre lang hatte jeder Elise für verrückt erklärt. Jetzt schleppt sie ihre Beute im Triumphzug an.

Nein, so kann es nicht gewesen sein. Diese Rückkehr hatte nichts Triumphales, jedenfalls nicht für Elise. Er war zurückgekommen, ja, das war immerhin ein sichtbarer Beweis. Aber Elise war nicht die einzige, die Anspruch darauf erhob, diejenige zu sein, zu der er zurückkehrte. Amalie Schoppe hatte ihre Arme ausgebreitet. Und am zweiten Tag ging er zu ihr. »Wohlwollend-herzlich« nahm sie ihn auf. Wortreich spielte sie wieder die Rolle der Mäzenin. Niemanden hatte sie im Zweifel daran gelassen, daß sie es war, die diesen Vogel in die Ferne geschickt hatte und daß er zurückgekommen war, um unter ihren Fittichen wieder Schutz zu suchen. In den Augen aller war Hebbel ihr Werk.

Sie ist ihm etwas zuwider, ihre mütterliche Umarmung, aber hier ist er es, der sich unterordnet: Ihre Art von Begrüßung findet statt, nicht seine. »Nun erzählen Sie, lieber Hebbel«, das heißt bei ihr, daß eine Art Examen beginnt, in dessen Verlauf sie nur kurz seine Antworten auf ihre Fragen zur Kenntnis nimmt und sie dann mit reichlichen Kommentaren versieht, sein Einverständnis zu allem, was sie sagt, voraussetzend. Dann ist sie es, die erzählt. Das heißt, sie verkündet Urteile, die Hebbel zur Kenntnis zu nehmen hat und denen er als nicht eingeweihter Neuankömmling ebenso wenig widersprechen kann wie als heimgekehrter Schützling und Almosenempfänger. Das ist ihre Art, Vasallen zu machen.

Als Hebbel sie verläßt, fühlt er sich krank und eilt zu Elise. Es ist die Krankheit der Untergeordneten, das Übel der Inferiorität, an dem Hebbel leidet, und nicht nur er. Es ist das Leiden, das jeweils einen von zweien befällt und niemanden ganz verschont bis auf die Könige, und auch die nur, wenn sie nicht tyrannische Geliebte haben oder launische Königstöchter. Es beginnt mit einer deutlichen Dämpfung der Lebensfreude und kann bis zum gänzlichen Verlust derselben, ja sogar zum Tode führen. Stockender Redefluß, erhöhter Puls und die Unfähigkeit zu lachen sind die ersten Symptome der Krankheit, die sich in ihrem weiteren Verlauf in der steten Bereitschaft äußert, dem jeweils anderen zu Willen zu sein. Das ist von der Hoffnung begleitet, ihn milde zu stimmen und dadurch zur Aufgabe seiner Machtposition zu bewegen, führt aber stets zum Gegenteil und damit zu einer Verschlechterung im Befinden des Kranken. Die Diagnose ist sehr einfach. Man beobachte zwei beliebige Menschen in einer beliebigen Situation. Einer von beiden muß von der Krankheit befallen sein, und es gilt nur noch zu ermitteln, welcher.

Es ist der, der weint, der um Verzeihung bittet, der, der schweigt, bevor der andere etwas sagen will. Eine gewisse Frage im Blick verrät ihn, ein Stocken des Schrittes und eine leichte Drehung des Kopfes, mit der er sich versichert, ob der andere auch folgt. Es ist der, der wartet, ohne ungeduldig zu werden, und mit allen Anzeichen fliegender Hast sich beeilt, wenn er einmal warten läßt. Es ist nie der, der singt und pfeift (sofern es sich nicht um ein Täuschungsmanöver handelt) oder die Arme ausbreitet zur Begrüßung.

Elise hat an dieser Krankheit gelitten, und sie ist an ihr zugrunde gegangen. Hebbel hat hier und dort und ganz sicher bei Amalie Schoppe an ihr gelitten, aber er erholt sich von ihr bei Elise. Er haßt es, an dieser Krankheit zu leiden. Was sie aus ihm macht, ist zu weit entfernt von dem Bild, das er selber gerne von sich hätte. Darum liebt er es, bei Elise zu sein, unter ihren freundlich fragenden Augen. Er haßt es, am Tisch der Frau Schoppe zu sitzen, an dem sie regelmäßig ihre Zöglinge versammelt. Eine Zeitlang übt er sich noch in der Tugend, in der Elise es so weit gebracht hat: Er versucht, das Verhalten der Frau Schoppe zum Maßstab der Erwartungen zu machen, die er an sie stellt. Unter Elises Anleitung übt er sich in Versöhnlichkeit und gutem Willen. Dann bringt er es hinter sich und rechnet mit ihr ab. Schriftlich. Es war ein Jahr nach seiner Rückkehr nach Hamburg, als das geschah, und er rechnet genau:

450 Reichstaler hat sie für ihn zusammengebracht, inclusive der dreißig, die aus ihrer eigenen Tasche kamen. Das Geld war aufgebraucht, nachdem er die Reise nach Heidelberg und das Honorar für die ersten Kollegien bezahlt hatte, den Rest verdankt er Elise. »Sie haben soviel geforscht, welch ein Verhältnis zwischen mir und dem Fräulein Lensing bestehe. Erfahren Sie es jetzt: Es war das Verhältnis eines Menschen zu seinem Schutzgeist!«

Eines Menschen zu seinem Schutzgeist? Nicht das eines Mannes zu seiner Geliebten?

Recht hat er gehabt! Hier war nicht der Ort für Bekenntnisse. Hier wurde abgerechnet. Soll sie doch weiter warten, die Doktorin Schoppe, auf das erlösende Wort der Gewißheit! Im übrigen wußte sie Bescheid. Die Spatzen pfiffen es ja längst von den Dächern. Um ein anderes Geheimnis geht es hier, ein weniger bekanntes. Wer hat Friedrich Hebbels Studium finanziert? Elise war es, nicht Amalie Schoppe, und Stillschweigen darüber war ihre einzige Bedingung.

»Sie ließ es ruhig und ungerügt hingehen, wenn in ihrer Anwesenheit sogar bestimmte Personen als diejenigen bezeichnet wurden, die mich auf der Universität erhielten.«

Aber warum, Elise, warum dieses strenge Schweigegebot? Mit der Unbestechlichkeit von Richtern fragen wir so und geben uns nicht zufrieden mit »Seelenadel« und »Herzensgüte«. Wem sollte das etwas nützen?

Elise hat einen Geliebten. Er ist neun Jahre jünger als sie. In weite Ferne ist er gereist, und äußerst ungewiß ist es, ob er jemals zurückkehren wird. Elise verbringt die Zeit mit Warten und Älterwerden und unter mitleidigen Blicken. Das hat man schon gehört. Daran ist nichts zu ändern. Damit muß sie fertigwerden. Aber soll sie auch noch zugeben, daß sie ihr Geld an ihn verschleudert? In der Stadt des Kaufmannsgeistes ihren Bankrott erklären? Niemand hätte Verständnis dafür gehabt. Es kommt vor, daß ein Mädchen seinen guten Ruf verliert. Es kommt auch vor, daß es danach noch geheiratet wird. Aber sein Geld? Elise wußte wohl, warum sie Stillschweigen darüber wahrte. Und Hebbel hielt sich an ihre Bedingung.

»Jetzt aber ist es meine heilige Pflicht, den Schleier zu lüften, hinter dem sich bisher meine größte und edelste Wohltäterin verbarg; jetzt, da die Anmaßung sich an ihre Stelle zu drängen droht ...«

Wir aber fragen: Warum erst jetzt, im Mai 1840? Warum nicht ein Jahr früher? Konnte er nicht sagen: Hier bin ich wieder, und alles, was ich bin, verdanke ich Elise – statt mit knirschenden Zähnen auf den mütterlich wogenden Busen von Frau Schoppe zu starren und erbittert den Dankbaren zu mimen? Er allein wußte doch, was Elise für ihn war. Und wenn er sie seinen Engel und seinen Schutzgeist nennt, dann verschleiert er die Wahrheit mit schönen Worten. Seine Geliebte ist sie gewesen und seine Mäzenin. Aber beides war sie nicht unangefochten. In München machte Beppi ihr die Rolle der Geliebten streitig und in Hamburg Amalie Schoppe die der Mäzenin.

Nein, Elise feierte keine Triumphe, als Hebbel nach Hamburg zurückgekehrt war.

Überhaupt ist in ihrem Leben kein Platz für Triumphales. Siege verwandeln sich unter ihren Händen in Niederlagen, und eben noch verachtet, weil sie verlassen worden war, verachtet man sie nun, weil sie ihn wieder aufnimmt.

»In jedem Verhältnis darf ich nur soviel verlangen, als ich selbst geben will und kann. Goldene Regel.«

Ein Gedanke aus dem Tagebuch des jungen Genies, notiert im Mai 1839. Eine goldene Regel. Ja, er verstand was von der Ökonomie der Beziehungen. Golden für den, der selbst nur wenig geben will und kann. Er empfängt dann im Überfluß, was man ihm aus freien Stücken anbietet. Hat er gesagt, daß er's verlangt?

Wie aber heißt die goldene Regel für den, der alles zu geben bereit ist? Darf er auch alles verlangen?

Still, Elise, sei still! Solche Fragen zu stellen, paßt nicht zu deinem Charakter. Wer alles geben will, verlangt nichts! Warum nur läßt sie sich so mühsam niederkämpfen, die Empörung? Warum ist Elise manchmal den Tränen nahe?

Natürlich macht Hebbel seine Antrittsbesuche in Hamburgs literarischen Kreisen allein, nicht nur im Hause Schoppe, wo Elise ohnehin nicht gern gesehen ist. Jahnens, Gutzkow, Wihl – Hebbel ist plötzlich wer. Oder er meint es zu sein. »Der kaum entpuppte Schreiber, der es für eine große Ehre hielt, in einen Gymnasiastenverein eingeführt zu werden, wird von den ersten literarischen Berühmtheiten Deutschlands gesucht und respektiert, eine Welt der Wirkung liegt vor mir da. Drei Jahre tun doch außerordentlich viel.«

Übertreibungen im Monat Mai, hervorgerufen durch den Zauber des Neubeginns und gewisse Schmeicheleien, die man ihm gesagt hatte. Wihl fordert ihn auf, eine Geschichte deutscher Lyrik zu schreiben. Campe wünscht einen historischen Roman von ihm. »Die Pforte ist mir geöffnet.«

Hebbels Selbstwertgefühl ist empfindlich. Es steigt und fällt wie Quecksilber in der Säule. Zwei Monate später zuckt es ihm in den Händen, als ob er »stets Pistolen abdrückte«, die auf die eigenen Schläfen gerichtet sind. »Flechtet keinem den Lorbeerkranz zu gross. Er fällt ihm sonst als Strick um den Nacken.«

Was ist geschehen?

Hebbel ist krank gewesen. Husten, Kopfschmerzen und die Hamburger Anpassungszwänge, all das verband sich zu einem schleichenden Übel, gegen das auch Elise nichts ausrichten konnte. Lange schon sah man ihm die Entbehrungen an, die er zwischen München und Hamburg erlitten hatte. Abgemagert und blaß sah er aus, stets müde und erkältet. Am letzten Sonntag im Mai schließlich vermißte ihn morgens Amalie Schoppe unter den jungen Literaten, die sich um diese Zeit bei ihr zu versammeln pflegten, und nachmittags Elise an ihrem Kaffeetisch, den sie um diese Zeit für ihn gedeckt hielt. Frau Doktor Schoppe ließ nach ihm schicken. Elise warf sich ein Tuch um die Schultern und lief hinüber. So erfuhren beide, daß er mit hohem Fieber zu Bett lag. Welch eine Nachricht für Elise! Das ist ihre Stunde. Sie handelt. Er kann nicht allein bleiben. Sie holt ihre Eltern zu Hilfe, und man schafft ihn zu Zieses hinüber. Sieben Tage und sieben Nächte lang wird Elise an seinem Bett sitzen und nicht müde werden, kalte Kompressen auf seine heiße Stirn zu legen und seinen Puls zu fühlen. Sieben Tage und sieben Nächte lang wird er ganz ihr gehören, an ihr Bett gefesselt sein. Das ist das Fest ihrer Liebe. Hat sie es nicht so gewollt? Durch Schnee und Regen ist er zu ihr gelaufen. Er hat sich nicht geschont. Sie hat ihn haben wollen. Hier ist er. Hier liegt, was von ihm angekommen ist. Er redet wirre Worte.

Lange schon hat er es aufgegeben, seinen Körper unter Kontrolle zu halten. »Ein unbehilflicher und unartiger König« ist er geworden, läßt seine Zähne klappern und seine Glieder zucken, sein Ich will nichts mehr mit ihm zu tun haben. Es hat sich möglichst weit entfernt in einer Zimmerecke niedergelassen und beobachtet hämisch, wie Elise vergeblich versucht, Löffel mit heißer Suppe zwischen seine Lippen zu schieben.

Behutsam wischt sie ihm den Schweiß von der Stirn, und während sie sich mit sanften Händen und Worten darum bemüht, seine Seele in ihren Schoß zu betten, tanzt der Kobold feixend und zähnefletschend über das Muster der Tapete. Manchmal fliegt er zum Fenster hinaus. Dann ist er stundenlang fort und versteckt sich in »einem Garten mit Riesenblumen, worin Kinder sich schaukeln« (»unglaubliche Träume«). Am 2. Juni ist die Krise da. Kein Penicillin, nur Schwitzen im Bett und feuchte Umschläge. Die Diagnose: Lungenhautentzündung. »Am 2. Juni 1839 stand der Tod mir zur Seite.« »Furchtbare Schmerzen, minutenlange Unterbrechung des Atemholens.« Sollte das das Ende sein, soll er Elise gehören für immer?

Ein Aderlaß hat ihn gerettet. Amalie Schoppe hatte den Doktor Assing geschickt, einen Freund ihres Hauses. Der verordnet, was ihm so angezeigt erschien, Aderlaß und Schröpfköpfe, und Hebbel kommt davon.

In der folgenden Nacht, es war die fünfte, ist Elise für kurze Zeit an seinem Bett eingeschlafen, und als sie aufwacht, merkt sie als erstes, daß sein Atem etwas ruhiger geht. Der Kobold ist unter seine Decke geschlüpft und schläft, wo er hingehört. Am Morgen ist Hebbel zum erstenmal wieder bei klarem Bewußtsein.

Elise wird ihn also behalten. Nein, sie wird ihn verlieren. Er wird ihr bleiben. Nein, er wird sie verlassen. Von nun an wird der Vogel sich langsam wieder in die Lüfte erheben.

Zuerst kann er kaum eine Viertelstunde lang auf sein. Im Juli macht er schon kleine Ausflüge an Elises Arm und sitzt im Garten der Frau Schoppe.

Eines Tages kann er das Rauschen von Elises Rökken nicht mehr hören. Es klingt so besorgt, wenn Seide auf Seide reibt. Es raschelt so beflissen. Er hat noch etwas schwache Nerven, aber er kann durchaus wieder allein wohnen. Elise wird täglich nach ihm sehen.

Das war Anfang August.

Am 27. August 1839 steht ein Gedankenstrich im Tagebuch. Mit diesem Strich hat es eine besondere Bewandtnis. Eine Art Feigenblatt soll er sein, so sieht es der Tagebuchschreiber.

»Das Leben bringt mir nichts mehr ... Nur hin und wieder eine Gelegenheit zur Ausschweifung; ein Trinkabend mit Jahnens oder –«

Da ist er, auf den wir unser Augenmerk richten:

»Dieser Gedankenstrich ist keuscher Natur, hol mich der Teufel, ich bin's auch ...«

Mehr nicht zum Thema. Aber in Erstaunen setzt es uns doch. Ohne Zweifel steht der Gedankenstrich für etwas, was sich als Ausschweifung bezeichnen läßt. Wo bleibt da die Keuschheit? Sollte es nach »Trinkabend mit Jahnens« nicht weitergehen »oder eine Nacht mit Elise«? Was ist es, dessen er sich schämt, daß er's nicht niederschreibt, noch hier, im stillen

Kämmerlein? Was soll das Feigenblatt verdecken? Ist es Elise, deren er sich schämt?

Ist es die Tatsache als solche?

Eine andere Tagebuchstelle gibt uns Aufschluß darüber: »Ein gemachtes Gefühl kann zugleich ein wahres sein«, geschrieben im Mai, kurz vor seiner Erkrankung.

Mit seinen Gefühlen also ist er nicht im reinen. Kein Wunder, daß ihn das krank macht! Kein Wunder, daß er sich schämt! Auf ein gefährliches Glatteis haben Sie sich da begeben, Herr Hebbel!

Er weiß es. Ganz genau weiß er, daß er Elise nicht liebt. Aber kaum hat sich eine Zimmertür hinter ihnen geschlossen, ist schon die erste Umarmung fällig, der alles weitere mit Notwendigkeit folgt. Es ist nicht Elise, es ist nicht sein oder ihr Verlangen, es ist die Situation. Sie ist danach. Kaum hat er ihre Lippen berührt, da geschieht es schon aus Liebe, und eben denkt er noch, diesmal Grenzen zu wahren, da sind ihm ihre Unterröcke schon im Weg. Welchen Gesetzen gehorcht er? Alles ist Vorspiel geworden. Ja, er hat sich nach Elise gesehnt. Ist das möglich?

Unter seinen Händen verwandeln sich die gemachten Gefühle in echte, und er kann nichts dagegen tun. Dieser verdammte Behaviorismus der Zärtlichkeiten: Da kann einer keusch sein und ohne Liebe wie ein Gedankenstrich, kaum hat sich die Tür hinter ihm geschlossen – der Teufel soll ihn holen!

Er hat es schon getan.

Ein junges Paar geht an der Alster spazieren. Jung? Wie alt mag die Frau sein? Wer ihnen begegnet, fängt an zu rechnen. Sie gehen Arm in Arm. Aber wer stützt hier wen? Ja richtig, der junge Mann sieht blaß aus. Er muß krank gewesen sein, und sie, wer es auch sein mag, seine Freundin, seine Mutter, seine Schwester, seine Frau, sie führt ihn am Arm, sie stützt ihn.

Ein Nachmittag im September. Sie setzen sich auf eine Bank, weil Hebbel zu müde ist, weiterzugehen. Der Sommer wird bald vorüber sein. Noch ist es sonnig und warm. Hebbel hat die Augen geschlossen. Das ist das goldene Zwielicht, in dem seine Seele von jeher weiche Knie hat. Am Abend wird er nach Versen ringen (und er wird sie finden!). Jetzt legt er seinen Kopf in Elises Schoß und läßt sich von ihr die Haare aus der Stirn streichen. Seine Schwäche und ihre Zärtlichkeit – was für ein unauflöslich miteinander verbundenes Paar!

Aber schon hat unter der Stirn, die Elise so ahnungslos berührt, ein anderes Paar Gestalt angenommen: Ein Mann, der nicht schwach und anlehnungsbedürftig ist, sondern machtbesessen und stark. Eine Frau, die seinen Kopf nicht zärtlich in ihren Schoß bettet, sondern das Schwert ergreift und ihn abschlägt.

Niemand ist weniger Holofernes als Hebbel.

Niemand kann weniger Judith sein als Elise.

Und doch ist es der Moment der Willenlosigkeit und Schwäche, als Hebbels Kopf in Elises Schoß rollt, losgelöst vom Rumpf und vom übrigen Leben, es ist der Moment des Abscheus vor sich selber, der den Tod des Mannes bedeutet und seine Heimkehr nicht zu den Vätern, sondern zu den Müttern und sanften Freundinnen. Es ist der Moment, als Orpheus sich willig morden läßt von den aufgebrachten Mänaden, die seinen Kopf dem Meer überantworten werden, das ihn nach Lesbos trägt: Das ist der Moment, der Judith und Holofernes hervorbringt, die Geburt der Tragödie auf dem Schoß von Elise.

Am 2. Oktober beginnt Hebbel zu schreiben. Am 28. Januar ist sein erstes erfolgreiches Drama fertig: ›Judith‹.

Er wird sich später nur sehr ungern an solche spätsommerlichen Szenen erinnern. Er wird sich schämen, und er wird das tun, was wir mit beschämenden Erinnerungen zu tun pflegen: Er wird sie vergessen.

Elise wird ihn nie vergessen, diesen Nachmittag an der Alster, so wie tausend andere Augenblicke, in denen sie glücklich war. Eine Rechnung ganz anderer Art hat sie aufgemacht. Während Hebbels Erinnerung die Momente des Ärgers speichert, die Stunden der Zerwürfnisse und der bösen Worte, sammelt Elise die Momente der Zärtlichkeiten und die Stunden des Glücks. Eines Tages, wenn die Zeit des gegenseitigen Aufrechnens kommt, werden sie von ganz verschiedenen Dingen reden, und einer wird den anderen nicht verstehen.

So wird Elise behaupten, auch er habe das Kind gewollt. Wie soll ein einziger Mann auf dieser Welt mit einer einzigen Frau auskommen, wenn so etwas möglich ist? Da ringt einer um Klarheit, um Worte und Einsichten – und es widerfährt ihm dies! Während sein Mund noch vernünftige Sätze spricht, hat er sich mit den Füßen schon verfangen in den Netzen des Irrationalen. (Oder fing es nicht mit den Händen an, die der Verlockung der Weichheit folgten bis dahin, wo es dunkel und grundlos ist?)

Ja, er hat gezeugt.

Er hat vollendete Tatsachen geschaffen.

Aber unschuldig will er sein an den Widersprüchen, die Elise ihm aufzwingt.

Natürlich spürt er das Wunder und das langsame Wachsen. Es läßt ihn nicht kalt. Ja, auch er wird beschenkt werden, wer wollte das leugnen? Aber er spürt auch die bedrohlichen Veränderungen, die Not und die Ausweglosigkeit der Situation. Wenn also schon danach gefragt wird: Nein, er will nicht. Er hat niemals gewollt.

Elise, die eben noch versonnen und glücklich an sich niederblickte, fängt an zu weinen. Und siehe da: Er hat sich ins Unrecht gesetzt. Wie kann er so etwas sagen? Hatte sie nicht danach gefragt? Aber schon windet er sich. Schon ist er zu allem bereit, gut, er will. Er will ein Kind, das in Armut und ungesicherten Verhältnissen aufwächst, und wieder ist er im Unrecht und Elise in Tränen. Unbarmherzig sieht sie zu, wie er sich in Widersprüche verstrickt, und stellt ihm ihre Fallen. Sie tut es nach Plan. Nach einem Plan, den sie lange schon einstudiert hat, seit den Zeiten, in denen sie sprechen lernte. Damals lief sie mit nackten Füßen über den Boden der Tatsachen, und alle waren vollendet. Aber so konnte es nicht bleiben. Es kamen die Unterscheidungen, und Elise lernte, eine heiße Tatsache heiß und eine kalte Tatsache kalt zu nennen. Den Unterschied konnte sie fühlen. Dann aber brachte man ihr weitere Unterscheidungen bei. Sie lernte von rechten und unrechten, guten und bösen Dingen zu sprechen. Da fühlte sie nichts mehr. Im Gegenteil. Oft schienen ihr gerade die bösen Dinge so weich und angenehm zu sein und die guten widerwärtig und hart.

Aber Elise lernte gehorsam so zu sprechen, wie man es ihr befohlen hatte, und bildete ein feines Gefühl für die Unterschiede aus, indem sie so tat, als habe sie sich am Bösen die Finger verbrannt, während das Gute ihr kühl und angenehm sei. Da waren die Tatsachen nicht mehr vollendet. Die guten mußten immer noch erst getan, die bösen auf jeden Fall gemieden werden, und alles Geschehene war eine Folge von Tun oder Meiden.

Aber heimlich hatte Elise einen Fuß behalten auf dem Boden der vollendeten Tatsachen. Heimlich spürte sie den Empfindungen ihres Körpers nach und fand sie weder gut noch böse. Heimlich empfand sie ihre Schwangerschaft weder als schlimm noch als wunderbar, sondern einfach als einen Fall von natürlichem Wachstum, dem sie zusehen konnte mit der Gelassenheit einer Pflanze. Und sie rächt sich dafür, daß es ihr nicht erlaubt ist, im Reich der vollendeten Tatsachen zu leben, vollendet wie das, was in ihr wächst. Die Tatsachen sind eindeutig, aber im Licht der Unterscheidungen können sie zweideutig werden. Antworte, Friedrich Hebbel, willst du das Kind oder nicht?

Willst du behaupten, daß du es nicht willst?

Willst du behaupten, daß du es willst?

Wie ihm der Boden unter den Füßen schwankt! Nichts als Nebel und Halbwahrheiten! Sein Leben lang wird er es nicht nur Elise, sondern allen Frauen nachtragen, daß ihm dies widerfuhr.

Im März 1840 glaubte Elise noch, daß sie sich geirrt habe.

Im April war sie ganz sicher.

Es war vom ersten Moment an ihr Kind, ihr Eigentum, ihr Ersatzmann, ihr Unterpfand. Von jetzt an wächst ihr Schicksal weit über das des unglückseligen späten Mädchens hinaus: Sie ist für größere Schmerzen ausersehen. Und gleichzeitig ist es für alle Zeit besiegelt: Elise ist endgültig die Sitzengelassene, die ledige Kindsmutter, die Ungeheiratete.

Noch versucht sie das Glück zu fassen, das ihr beschieden ist. Hundertmal am Tag legt sie die Hände auf ihren Bauch. Sie ist zu alt, um keine Angst zu haben. Tagsüber häkelt sie Babysachen und lächelt versonnen und selig. Aber nachts, unter der Decke ihres viel zu leichten Schlafs, ist sie von diffuser Aufgeregtheit erfüllt. Immer wieder rechnet sie zusammen, was ihr und dem Kind zum Leben bleiben wird. Stundenlang liegt sie wach, als wenn sie sich den Schlaf nicht mehr leisten dürfte, während sie sich bei Tag von einer Magd bedienen läßt, die ihre letzten Taler als Wochenlohn davonträgt. Es ist wahr: »Elise hat nichts mehr«, notiert Hebbel am 13. April, einem Unglückstag im übrigen, wie er nicht schlimmer sein kann: »Gräßliche Stimmung, Zahnweh, Elises Zustand ...« Diese Zustände und Umstände – waren sie zufällig so miteinander verquickt? Eine Quelle war versiegt, ein Konto überzogen –, war es nicht klug von Elise, jetzt schwanger zu werden? Konnte sie ihren Schuldner dringlicher mahnen? Niemand behauptet, daß sie bewußt etwas manipuliert habe. Aber wer kennt schon das berechnende Unterbewußtsein reifender Eizellen! Deutlicher ist die Sprache der Tatsachen:

Elise hat nichts mehr. Elise ist schwanger.

Natürlich ist die Hoffnung da.

Zum Beispiel, jetzt heftig und unverhohlen, die Hoffnung, Madame Hebbel zu werden.

Das Genie war gerade im Begriff, sich Bahn zu brechen. ›Judith‹ setzte sich auf der Berliner Hofbühne durch. Man sprach von Friedrich Hebbel. Wie konnte Elise es da wagen, seine Aufmerksamkeit auf ihren Bauch zu lenken? Das tat sie auch nicht. Oder so selten wie möglich. Aber manchmal war es nicht zu vermeiden, wie wir gesehen haben. Außerdem kam der Sommer und damit die Zeit der Blicke. Wissende, mitleidige, schadenfrohe, anklagende, Elise hielt sie aus. Aber auch sie ist Gretchen (wenn auch bedeutend weniger unschuldig), auch über ihr wölbt sich der mächtige Bau einer Kirche, und sie ringt dort vergeblich nach Luft: Verbirg dich! Sünd' und Schande bleibt nicht verborgen! »Elise. Zwischen zweien, die guter Hoffnung waren, im Beichtstuhl. Ihnen wünschte der Priester Gottes Segen, mir nicht. Wenn das Kind H ... zu mir sagte! Ich wollte, es wäre kein Knabe; vor einem Mädchen würde ich mich weniger schämen!«

Das rührt auch Friedrich Hebbel. »Eine himmlische Seele!«, hat er hinzugefügt. (Und wieder einmal den Gedankenstrich der Keuschheit verwendet!) Wo es doch eigentlich ganz und gar um Elises irdischen Körper geht! Ihre Seele ist in dieser Zeit mit nichts weniger beschäftigt als mit Bußübungen. Mit dem Feuereifer, den wir bereits an Elise kennen, dieser Beflissenheit, die sie an den Tag legt, wenn es gilt, in ein Unglück zu rennen, wirft sie sich neuen Opfern entgegen, neuen Schmerzen und Entbehrungen und nie gekannten Seligkeiten.

Während der kleine Erlöser in ihr heranwächst – um dann so früh sein trauriges Werk zu vollenden –, verliebt sich Hebbel in Emma Schröder.

»Liebe ist darum so schön, weil sie vor Selbstliebe schützt.« (Friedrich Hebbel)

Wirklich? Ein unvollkommener Schutz, wenn wir an seine Liebe zu Elise denken. Vielleicht war aber auch seine Liebe unvollkommen. Sie schützte ihn so wenig vor dem, was er Selbstliebe nennt, wie Elises unvollkommene Verhütungsmethoden sie vor einer Schwangerschaft schützen konnten.

Vollkommen sind nur die Worte.

Am 3. September 1840 – Elise ist mittlerweile hochschwanger – hat er sein Herzblut für sie vergossen, brieflich. »Nimm's hin, teuerestes Wesen, was dir gehört ... Ewiglich, ewiglich dein F.« Wer könnte spotten, der an die Tränen denkt, mit denen Elise dies las? Alle die schönen, die vollkommenen Worte: »Niemals, das glaube mir, habe ich dich verkannt ... die Du ganz Liebe bist ... Dein edles Bild ...« Wie lange, ach wie lange schon dürsten wir nach der Gerechtigkeit, die ihr hier widerfuhr!

Und doch kann auch die frömmste Ergriffenheit am Schluß dieses Briefes nicht vergessen machen – uns nicht und Elise nicht –, daß wir an seinem Anfang den Kopf der Schlange gesehen haben. Es ist die Stelle, die von allem das Gegenteil beweist:

»Ich träumte von einer schönen Schlange, die mir nicht, wie diese Tiere doch im Wachen tun, Abscheu einflößte, sondern Wohlgefallen ...« Ist es Elise? Nein:

»Auch mit dir führte der Traum mich zusammen, doch ich weiß nicht mehr, wie.«

Er weiß nicht mehr wie. Ach, mußte er so deutlich werden? Sollte Elise denn niemals der Schatten einer Hoffnung bleiben? Sie ist die Liebe, Edle, Gute, die Schöne ist sie nicht. Das ist die Schlange. Sie ist verführerisch. Aber Elise ist selbstlos. Sie ist die Verlockung, aber Elise ist das Opfer und die gute Tat.

Liebe kann nicht mehr Liebe sein, seit die Schlange dazwischenfuhr. Entweder ist sie süß und verführerisch. Dann ist sie sündhaft. Oder sie ist selbstlos und rein, dann ist sie anstrengend. Esther Vilar weiß das. Elise begann es zu ahnen. Friedrich Hebbel wußte es nicht.

Seine Schlange hieß Emma.

Sie war jung und so schön wie ihr Name, ebenmäßig und sanft, und zu allem Überfluß war sie noch blond und aus reichem Hause. Dieses Traumwesen war außer mit einem Sinn für vorteilhafte Heiraten (denn selbstverständlich war es nicht Hebbel, dem sie ein Jahr später die Hand zum Bund fürs Leben reichte) mit einem Hang zur Poesie ausgestattet, zum Höheren und Schwärmerischen. Und sie vergaß sich soweit, daß sie einen Sommer lang eine über alle Maßen süße, von Anfang an durch Entsagungsbereitschaft geprägte Herzensverbindung mit Hebbel einging, dem sogar in gewissen Grenzen der Zutritt zum Hause Schröder nicht versagt blieb.

»Emma« – beim Klang ihres Namens schloß er die Augen. Das ist begreiflich.

Am 27. Juli, Elise ist im sechsten Monat, hat er von Emma ein Briefchen erhalten. Er hatte sie vor wenigen Tagen kennengelernt und ihr Gedichte und die ›Judith‹ geschickt.

»Wie glücklich hat es mich gemacht! Meine Adern wollten springen, ich konnte mich erst um 1 Uhr zur Ruhe legen. Wie freue ich mich, daß ich noch solcher Gefühlsaufregung fähig bin ...«

Da ist sie, die Liebe zur Schlange, süß und verführerisch! Sie raubt den Schlaf, sie erhöht den Blutdruck und begünstigt die kurzen, trivialen Sätze statt der langen Ergüsse: Wie glücklich hat es mich gemacht! Diese Gefühlsaufregung. Auch ihm, dem Dichter, fiel nichts anderes dazu ein als Rosen, immer wieder Rosen:

»Emma hat mir eine Rose gegeben. Sie ist verwelkt und liegt in meinem Schreibtisch, aber sie duftet mir köstlicher wie ein ganzes Beet.«

Ein Satz aus dem Tagebuch? Nein – aus einem Brief an Elise. Sie war – mittlerweile im siebten Monat – wie jeden Sommer nach Rügen gereist, ziemlich leichtsinnig in ihrem Zustand, aber es war ihr Beruf, reisenden Damen Gesellschaft zu leisten, und wenn sie unter diesen Umständen noch mitgenommen wurde, dann war sie zu Dank verpflichtet und konnte keine Absage erteilen. Vielleicht hatte sie mit dieser Abreise auch irgend etwas demonstrieren wollen. Vielleicht war es eine bestimmte Art von Seufzern aus der Brust des Dichters, die sie nicht mehr hören konnte.

Da steht sie also im Zimmer einer Pension auf Rügen und liest diesen Brief.

»Das Verhältnis mit dir ist und bleibt ein schönes, denn du bist edel und bist sicher in deinem Herzen. Wenn ich ein anderes anknüpfe – auch das geht vorüber, und die Zeit kommt, wo ich mit Gleichgültigkeit darauf zurückblicke.«

Elise ist von der Seite zu sehen, gegen das Licht. Sie steht vor dem Fenster. Die Haare trägt sie hochgesteckt, lockig und sonnendurchflutet. Irgendwie geht ihr Anblick zu Herzen. Ihre Röcke sind weit gebauscht. Ja, Elise ist schwanger. Die werdende Mutter mit dem Brief, ein Bild der Zartheit und der Hoffnung.

Welch ein vergebliches Unterfangen, einen Augenblick der Vergänglichkeit zu entreißen, indem man das Licht in einem Kasten fängt wie die Schildbürger in Säcken. Oder wie Monsieur Daguerre, der ein Jahr zuvor die Kamera erfunden hatte. Seither hinterlassen wir alle unsere Spuren in Fotoalben, wo wir ein stilles Schattendasein führen ein oder zwei Generationen über unseren Tod hinaus: Das ist Elise. Regungslos steht sie vorm Fenster und hält ihren Brief in der Hand, bis das Papier vergilbt ist.

Aber da kommt Leben in die Szene. Schon befinden wir uns im Zeitalter der Kinematographen. Wir sehen, daß ihre Hände zittern. Der Brief fällt zu Boden. Das ganze lichtdurchflutete Bild, die Silhouette der Hoffnung, sinkt in sich zusammen. Dreizehn Augenblicke in der Sekunde – und wir gewahren die Bewegung, mit der sie sich am Tisch niedersetzt und ihren Kopf auf die Arme legt. Wieder ein Zittern. Ausgeblendet.

Natürlich ist das alles vergeblich. Weder ihren Schmerz noch das Abbild davon werden wir dem Dunkel entreißen. Selbst wenn sie sich mit einer Hand ans Herz gegriffen hätte, die andere schützend auf ihren Leib gelegt, und langsam in Ohnmacht gesunken wäre – keines Menschen Seele würde diese Geste jemals gerührt haben, und wir begreifen die Verzweiflung, mit der man sich bis zur Erfindung des Kinos nach einem ewigen Auge gesehnt hat, das noch in die verlassenste Kammer blickt.

Seither ist uns das Leben ein Tonfilm. Jeder ist Hauptakteur, niemand um eine Geste verlegen. Junge Liebespaare entkleiden sich mit der Routiniertheit von Aktmodellen, ganz zu schweigen von dem, was kommt. Jeder ist überwältigend. Nur in seltenen Augenblicken kommt uns die Einsicht, daß der Film, in dem wir unsere Rolle spielen, keine Zuschauer hat. Er wird nirgends gegeben. Aber noch ehe wir in unserer Verzweiflung den Fuß aufs Gaspedal setzen, um gegen Leitplanken oder in Abgründe zu rasen, stellen wir das Radio an – und die Erde hat uns wieder. Wer Töne hat, braucht keinen Gott. Wo Filmmusik ist, muß auch Kino sein. Ruhig und lebensselig wiegen wir uns im Takt, gemeinsam mit allem, was Ohren hat.

Ja, wir sind Kinder unserer Zeit, wenn uns das Schicksal von Elise rührt, gerade das ihre. Seine Ungefilmtheit ist es, das Schattenhafte. Nicht das Ausmaß ihres Unglücks, seine Vergänglichkeit. Die Geste, mit der sie den Brief sinken läßt, trostlos, einmalig, unwiderholbar – darin erkennen wir uns wieder. So fällt Anna Magnani der Telefonhörer aus der Hand, als der Mann, der sie verlassen will, am anderen Ende der Leitung endgültig aufgelegt hat; trostlos, aber beliebig wiederholbar.

Arme tote Elise!

Natürlich hat Elise ihr Unterpfand. Emma Schröder ist jung und schön, aber Elise ist schwanger.

Am 5. November 1840 wird ihr Sohn geboren, am »Bußtag«. Ja, wenn es etwas zu büßen gab, dann hat Elise gebüßt. »Elises Entbindung ist eine solche gewesen, wie der seit 18 Jahren praktizierende Arzt noch keine erlebt zu haben bekannte ... Noch höre ich ihr Geschrei, sehe ihre verstörten Blicke. Instrumente wurden angewandt.«

Hebbel hat es sich nicht erspart, im Nebenzimmer auszuharren, bis er an die Grenzen seiner Belastbarkeit gelangt ist. Auch für ihn ist die Stunde irgendeiner Wahrheit gekommen. Aber Elise! Mit sechsunddreißig bekommt sie ihr erstes Kind. Das ist zu spät für leichtes Gebären. Wer hätte das nicht gewußt? Elise, durch

Konstitution und Umstände zur Jungfer bestimmt, was mußte sie Kinder haben? Die Gouvernante – mußte sie unbedingt Mutter werden? Sie hat es gesühnt. Ihr Priester, Moraltheologen und alle Wächter der Sittlichkeit: Seht Elise, wie sie kreißt! Habt ihr ihn jemals überzeugender bewiesen, den Zusammenhang zwischen Sünde und Sühne? Ihr habt ihn erdacht. In den Nebenzimmern entstehen die Theorien in gequälten Gehirnen, wenn hinter viel zu dünnen, schalldurchlässigen Wänden die Kinder geboren werden.

Es ist längst Abend geworden. Seit dem Frühstück hat Hebbel nichts mehr gegessen. Gleichzeitig hört er Elise schreien und spürt seinen Hunger. Wie ist das möglich? Alles ist möglich. Er könnte auch an andere Frauen denken in dieser Situation, beispielsweise an Emma. Vorsichtig lotet er sie aus, die Tiefe seiner Verworfenheit. Ja, es ist möglich. Bis ein Schrei von Elise ihn wieder aufstört. Das Böse ist doch viel böser, als er gedacht hat.

Und das Entsetzliche viel entsetzlicher.

Gegen halb drei in der Nacht geht die Tür auf, und Elises Mutter kommt heraus. Haßt, verflucht sie ihn? Sie umarmt ihn. Der Sohn ist geboren.

Am nächsten Tag noch ist Elise zu entkräftet, um nur zu lächeln. »Dein Haar, deine Züge«, hat sie geflüstert, »mit bleichem Mund.« Ja, das Kind ist das Ebenbild seines Vaters. Sie sagt es, er sieht es, beide wollten es so.

Noch ist Elise in Lebensgefahr. Die Geburt war vorüber. Jetzt kommt das Kindbettfieber. Elf Tage und Nächte Schmerzen und schreckliche Träume. Die Angst, das Kind zu verlieren. Sie hat es allein gelassen und kann's nicht mehr finden. In den Gängen einer felsigen Burg kommt ein Mann auf sie zu. Sie will ihn fragen, ob er weiß, wo das Kind ist, ob er die Wiege gesehen hat. Da hat sie sich schon in ihn verliebt und das Kind vergessen. Schamlos bietet sie sich an und begreift zu spät und ganz plötzlich, daß er es ist, der dem Kind etwas antun will. Sie reißt sich los, ein schrecklicher Wettlauf beginnt, und jetzt weiß sie auch, wo sie es finden wird. An einer abschüssigen Stelle sieht sie die Wiege stehen, hart über dem Abgrund. Gleich wird sie kippen. Aber schon ist sie da, um sie festzuhalten. Sie blickt hinein – zu spät! Der Kopf der Puppe ist zerstört. Da sieht sie Hebbels Gesicht vor sich, von Schmerz entstellt. Es ist das Gesicht, das er hätte, wenn dem Kind etwas zustoßen würde. Ein ganz neues Gesicht. Sie hat ihn nie so gesehen. In ihrem Traum erkennt sie den Vater. Hat sie geträumt, daß sie ihn oder daß sie das Kind verloren hat? Sie weiß es später nicht mehr. »Ihre Liebe zum Kinde und zu mir ist grenzenlos«, schreibt Hebbel am 7. November. Aber gleichzeitig mit der Liebe ist auch die Angst da, und auch sie ist grenzenlos. Man hat nicht mit ihr gerechnet. Ein paar Tage lang versucht man sie abzuschütteln wie etwas Ungehöriges. Das Kind ist gesund. Soll man nicht glücklich sein? Dann begreift man, daß sie von nun an immer dazu gehört. Was für unvollkommene Eltern unsere Kinder haben!

Von nun an ist Elise Königin. Die Demütigungen haben keine Spur hinterlassen. In schlafwandlerischer Glückseligkeit hält sie ihr Kind im Arm. Das ist ihr Sieg.

Mit Erstaunen (und Erleichterung) nimmt Hebbel zur Kenntnis, daß er jetzt die Statistenrolle in ihrem Leben spielt. Die Bekundungen ihrer Liebe zeigen sie rührend und gutwillig, wie sie immer war, aber ein wenig zerstreut. Ihr Übereifer richtet sich auf das Kind.

Es soll Max heißen. Hebbel ist es recht. Wenn sie will, soll es also Max heißen. Aber sie will noch mehr: Es soll Max Hebbel heißen.

Nein, das geht zu weit. Will sie nun doch die Situation für sich ausnützen? Hat sie alles über Bord geworfen, ihre Bereitschaft zum Verzicht und die großmütigen Beteuerungen? Sie kennt doch seine Gründe, die, die er ausgesprochen hat (Friedrich Hebbel ist kein Mann zum Heiraten), und die anderen, über die nicht gesprochen wird (Elise Lensing ist nicht die Frau, die er heiraten will).

Elise weiß das alles. Nicht sie, erklärt sie, will Hebbel heißen, zumindest nicht jetzt, wenn es nun einmal nicht sein kann. Aber das Kind, das Ebenbild, soll den Namen seines Vaters haben. Da bleibt sie eisern, Elise, die Sanftmütige, die Anpassungsfähige und Nachgiebige, da weicht sie keinen Schritt zurück. Und schließlich hat man einen Pfarrer gefunden, der das Kind auf den Namen Max Friedrich Hebbel tauft.

Die heilige Familie, stets auf der Flucht vor bösem Gerede und schiefen Blicken, lebt in getrennten Wohnungen, Elise mit dem Kind bei ihren Eltern, Hebbel in seinem Zimmer nicht weit davon entfernt. Er ist der Vater, der zu Besuch kommt. Nach Bedarf genießt er die Gegenwart seiner Familie und das schöpferische Alleinsein.

Elise genießt das Kind. Stundenlang sitzt sie an seinem Bettchen und läßt sich seinen Anblick zu Herzen gehen. Man hat eine Amme bestellt. Elise kann es nicht nähren. Das Kind ist gesund, es nimmt zu. Vergessen sind die bösen Träume, die Zukunft trägt seinen Namen: Max, er wird von nun an Elises Falke sein. Sie schmückt ihn mit goldenen Bändern. Der Vater nennt ihn Maximilian, Elise Mäxchen. Darin wird manches Zerwürfnis beschlossen sein.

Wenig Spuren hat er in Hebbels Tagebuch hinterlassen, der flüchtige kleine Gast.

»Gestern, am 8. Juli 1841, wurde mein Sohn Maximilian geimpft. Er benahm sich wie ein kleiner Held ...«

Armes Mäxchen! Acht Monate und schon ein Held.

Eine neue Zeitrechnung gilt für Elise. Sie beginnt mit der Stunde von Max' Geburt.

Hebbel lebt in einer anderen Ära. Es ist die Zeit, in der er ›Genoveva‹ schreibt. Im Frühjahr liest er erstmals im privaten Kreis daraus vor. Emma Schröder ist anwesend und Elise, beide als Siegerinnen. Elise hat das Kind und Emma ihre Entsagung. So kann man sich begegnen. Wer hier verliert, das ist Hebbel. »Kein einziger der Anwesenden sagte mir ein artiges Wort.« Man ist erstarrt, nicht erschüttert. Der Heilige und der Wüstling – erwartet er tatsächlich, daß man ihn dafür lobt? Genoveva, unschuldig bis zuletzt, verschwindet mit ihrem Kind in der Einöde, Elise zerdrückt ein feuchtes Taschentuch in der Hand, und »die Schröder, einer Ohnmacht nah, ward aus dem Zimmer geführt«. Da steht er, der all dieses angerichtet hat, und blickt erwartungsvoll um sich. Einer der Anwesenden, Schütze, rettet die Situation: Er müsse erst verdauen, das Werk habe ihn so ergriffen, daß er sich noch nicht darüber zu äußern vermöge. (Im Tagebuch notiert.)

Elise stehen böse Tage bevor. Sie wird Grund zum Weinen haben. An die Exzesse der Demut und Dienstfertigkeit wird sie sich verlieren. Ja, sie ist Genoveva.

Sechs Tage später ist Hebbels Geburtstag, wo er von neuem in die Hände ihrer Liebe fällt: eine Schreibtafel, eine Halsbinde und Glacéhandschuhe. Es rührt ihn mehr, als es ihn freut. Hoffentlich gibt er ihr nicht mehr sein Tagebuch zu lesen. Achtundzwanzig ist er geworden, und er schreibt: »Eine Welt, die mich zu dem machte, was ich bin, darf ich hassen.« Ja, er ist Golo.

Diese Gerührtheit will ihn nicht mehr verlassen. Sie zwingt ihn dazu, Elises Gesicht zwischen seine Hände zu nehmen oder sogar seinen Kopf an ihren Kopf zu lehnen. Es ist das Mitleid des Schurken mit sich selbst, das ihn beim Anblick des reinen Engels befällt, und es wäre in Ordnung, daß er so etwas empfindet, wenn er der Schurke wäre. Aber er ist nicht der Schurke, er spielt ihn nur. Weil er zu klug ist, ihn vor sich selber zu spielen, hat er Golo erfunden. Den läßt er mit Elise sprechen. Über Selbstmord zum Beispiel, den großen Überdruß.

Das bringt den Engel zum Weinen.

Und dann kommt Friedrich Hebbel wieder, Elise zu trösten. Es ist doch keine Kunst so abgeschmackt wie die des Bauchredners!

»Ich hatte noch zu viel mit dem lieben Herzen zu tun«, wird er später sagen und ›Genoveva‹ meinen. Es ist die Zeit der Bekenntnisse. Sie kommen aus dem Herzen, rührend, tolpatschig, warm. Sobald ihre Temperatur unter 37 Grad Celsius sinkt, sind sie verdorben und abgeschmackt. Sie machen im Leben keine Dichtung.

Vormittags widmet er sich den Philosophen und Leihbibliotheken, nachmittags kehrt er bei Elise ein. Diese lauwarmen Nachmittage! Selten hat er ein solches Gefühl der Behaglichkeit empfunden. »Wenn wir uns zusammen den Kaffee kochen . . .« – dann entsteht Genoveva. Elise ruht auf dem Sofa, in seinem Blickfeld, von milder Maisonne beschienen. Es schläft das Kind. Gleich wird er zu ihr gehen, wird seinen Stift aus der Hand legen und seinen Kopf betten, wohin er ihn schon so oft gebettet hat. In jeder Umarmung spürt er die Abwesenheit von Emma und ihresgleichen. Das macht die vorsommerliche Wärme dieser Nachmittage aus. Dieser süße, lauwarme Verzicht! So fühlt sich die Liebe zu Elise an: eine Mischung aus Nachmittagskaffee und milder Entsagung. Immer wieder verführt sie ihn dazu. Auf Sofas, Parkbänken und Bettvorlegern: Bekenntnisse. Sogar im Tagebuch können wir ihre Spur verfolgen durch eines dieser enthüllenden Hefte hindurch. »Ach, ich bin ihrer nicht würdig«, hört man ihn zwischen den Zeilen seufzen, und schon kniet er wieder zu ihren Füßen und legt seinen Kopf in ihren Schoß.

In solchen Augenblicken – eben noch hatte Elise geglaubt, sich für immer gerettet zu haben auf eine Insel bescheidenen Glücks – verwandelt er sich in Golo. Wie soll er sie überzeugen von der Abgründigkeit seines Schurkentums, seines Verrats? Elise, lächelnd, weigert sich, ihm zu glauben. Still, es ist doch alles in Ordnung. Es ist doch einmal, alle Umstände in Rechnung gestellt, ein wenig erträglich. Aber da kann er schon nicht mehr einhalten. Fieberhaft sucht er nach etwas, womit er sie kränken kann. Und je länger und engelhafter sie auf ihrem Lächeln beharrt, um so verzweifelter sinnt er auf Kränkungen, die ihre Wirkung tun. Und er findet sie immer. Dann kann er sich wieder zurückverwandeln. »Niemals, das glaube mir, habe ich dich verkannt. In meinem Wahnsinn habe ich dich wohl zuweilen boshaft und gegen mein besseres Wissen und Wollen bespritzt und beschmutzt, aber gleich darauf habe ich auch immer wieder dein edles Bild mit inneren Tränen reingewaschen ...«

Sie wird ihm doch verzeihen? Wie sollte sie nicht. Jetzt erst, jetzt erst kommt ihre Stunde:

> Mitleidig trat sie auf mich zu und schloß
> die Ader, die am stärksten sprudelte,
> mir mit der Hand, ich drückte meinen Mund
> auf ihren aufgeschlitzten Puls, den Strom
> des Lebens rückwärts drängend in sein Bett ...
> (Golos Traum, IV. Akt, 1. Szene)

Was für zügellose Spiele!

War er nicht zum Kaffeetrinken gekommen? So mußte es ja enden! Ungeduldig drängt er sie rückwärts ins Bett: »O Genoveva! Lieben kann ich dich nicht, und vernichten darf ich dich auch nicht!«

Diese schlimmen Tage der Zweisamkeit.

Hebbel hat Magenschmerzen. Es ist das Übel der bösen Laune. Irgend etwas schiebt sich zwischen ihn und die Welt der Freuden und Leiden, des Guten und Bösen, so daß nur noch die Leiden und das Böse von ihm erfahren werden: Er ärgert sich, und schon verstärkt sich dieser ganz und gar unangenehme Druck, der alles noch viel widerwärtiger macht. Eine scheußliche verborgene Masse ist in Gärung geraten. Irgendwo wird zuviel Säure produziert oder was immer, und am Ende einer undurchdringlichen Kausalkette fallen böse Worte, die verletzen sollen und in Wahrheit niemals verziehen werden. Pupillen weiten und verengen sich, Stimmen, die weich und zärtlich klingen können, werden hart und schrill. Türen fallen ins Schloß.

Diese scheußliche Symbiose in den Tagen der Zweisamkeit! Was hat Hebbels Pankreas mit Elises Tränendrüsen zu tun? Und doch sind beide auf verhängnisvolle Weise Teile eines Systems. Während Elise bittere Tränen vergießt, gären in Hebbels Magen die bitteren Säfte. Hebbel ärgert sich, und Elise leidet. Elise leidet, weil Hebbel sich ärgert, und Hebbel ärgert sich, weil Elise Tränen vergießt. Das wiederum schlägt ihm auf den Magen.

Solcher Art waren die Zusammenhänge in den schlimmen Tagen der Zweisamkeit. Ein Prozeß positiver Rückkoppelung, auf diese typische undurchsichtige Weise verquickt mit dem Bewußtsein. Darum nützt es Elise nichts, daß sie in unruhigen Nächten über die Nichtigkeit der jeweiligen Anlässe grübelt. Was war es eigentlich?

Max hat nicht essen wollen. War das alles? Was kann Elise dafür? Ja, sie war nervös. Eine völlig unvernünftige Unruhe hatte sie ergriffen, die aus den Zeiten stammt, als die schlecht gefütterten Kinder noch am Wegrand zurückgelassen wurden. Ungeduldig hat sie versucht, das Kind zum Essen zu bewegen, mit der nervösen Zärtlichkeit, die jeden Moment ins Aggressive umschlagen kann. So etwas ist nichts für Hebbel. Er hat sich auf die Seite des Kindes geschlagen, und es war klar, welchen Verlauf das alles nehmen mußte und daß es ausarten würde in Vorwürfe und Beschimpfungen. Wie vertraut die Paare doch miteinander sind! Wie sie sich und ihre wunden Punkte kennen, wund von den vielen Verwundungen, die sie sich gegenseitig zugefügt haben. Stunden später kann Elise sich an die erlittenen Schmerzen viel lebhafter erinnern als an die gesprochenen Worte. Waren sie nicht beide so besorgt um das Kind? Während sie mit sich selbst um Versöhnlichkeit ringt, hat sie vergessen, welche Rolle Hebbels Pankreas dabei spielt, ganz zu schweigen vom Spiegel des Adrenalins in seinem und ihrem Blut bei solchen Szenen. Darum ist sie im Unrecht, arme Elise, wenn sie sich vornimmt, das nächste Mal stiller, vernünftiger, fügsamer zu sein. Moral statt Magensäure setzt sie ein in der Gleichung mit so vielen Unbekannten. Aber was ist die Wahrheit? Moral und Magensäure und die geheimnisvolle Verbindung, die beide eingehen in der Chemie des Teufels? Wie soll Elise bestehen können im Kampf mit so vielen Feinden?

Das war es, was sich zutrug an den schlimmen Tagen der Zweisamkeit. Aber es gab auch andere, milde Tage des Glücks, erfüllt von kleinen Vertraulichkeiten und gemeinsamer Resignation. Sonntagsspaziergänge an der Alster: der Vater, die Mutter, das Kind, Hebbel im zerschlissenen Anzug, Elise mit blumenbesetztem Strohhut.

Man versteht, warum er bald versuchen wird, »seinem ins Enge geratenen Leben eine neue Wendung zu geben«.

Der Sommer 1842 war ein unheimlicher Sommer.

Die Flüsse versandeten, die Äcker verdursteten, den Menschen war es, als ob es an Luft zum Atmen fehlte. Selbst in Hamburg, wo das Wasser so nah ist, tauchen Visionen vom Weltenbrand auf. »Ein Ende muß sein, warum nicht jetzt? Einer muß das erleben, warum nicht ich?« Dieser ewige Durst! Dieses Ungenügen! Nicht einmal aufs Studieren kann Hebbel die Zeit verwenden. Es fehlt ihm an Büchern.

Ein Lustspiel hat er geschrieben: ›Der Diamant‹ – er und Lustspiele! Welche Lust will er beschwören? Niemand lacht. Niemand fragt amüsiert und verwundert nach dem neuen Genie. Campe hält hin wie stets.

Immer wartet er mit ausgebreiteten Flügeln, daß ein Windstoß kommen und ihn emportragen wird. Aber nichts geschieht. ›Judith‹ war ein kurzer seliger Gleitflug. Aber wohin hat er ihn getragen, an welchen Ufern ihn abgesetzt? Zu Elise zurück, an den Hamburger Stadtdeich.

Und kein Lüftchen will sich mehr erheben. Zwar hat Campe inzwischen seine Gedichte verlegt, aber das genügt nicht, ihm Kühlung zu verschaffen. Selten war die Hitze dumpfer und quälender als im Sommer 1842. Ein Brutkasten. Hebbel brütet ein neues Drama aus, das infolge von Sauerstoffmangel zur Mißgeburt gerät, zum ›Moloch‹. Es wird für immer ein Fragment bleiben. In diesem frühen Stadium ist der Aufwind der Begeisterung unerläßlich.

»Diesen Sommer habe ich gar nichts gemacht.«

Ein unheimlicher Sommer. Eine entsetzliche Flaute.

Dann, am 3. September, eine unverhoffte Geldsendung, und der Plan einer Reise nach Kopenhagen nimmt Gestalt an. Er will vom dänischen König eine

Professur für Ästhetik an der Universität Kiel erbitten oder eine andere Position. Es ist ein letzter Versuch. Der Schiffer steht auf und versucht, den Kahn wieder flott zu machen, indem er mit kräftigen Lungen ins eigene Segel bläst. Vielleicht gelingt es ihm so, die Götter des Meeres und der Winde umzustimmen. »Es steckt noch zu viel an Ideen in mir, als daß es schon vorbei sein kann.« Im November reist er mit dem Schiff nach Kopenhagen.

»... oder eine andere Position ...«, da können wir Elise heraushören. Hätte es nicht auch ein Redakteursposten an einem der beiden Hamburger Blätter getan? Hat er nicht beste Chancen, die dahingehend bestanden, leichtfertig vertan? Elise kann sich manchmal zu ihrer ganzen Größe aufrichten, seit sie den kleinen Thronfolger zu verteidigen hat. Ihrer Duldsamkeit sind jetzt Grenzen gesetzt. Längst paßt sie sich nicht mehr so unfehlbar willig den Gegebenheiten an. Ihre Argumente sind besser, ihr Nacken ist ein wenig straffer geworden, seit sie das Kind auf dem Arm trägt. Manchmal macht es schon Mühe, ihr einen Standpunkt entgegenzusetzen. Ein Grund mehr für Hebbel, zu weichen. Ja, diesmal weicht er langsam, Schritt für Schritt rückwärts, nicht mit dieser abrupten Wendung, mit der er sich vor Jahren von ihr losriß. Das Schiff legt ab, und er steht an der Reling und winkt und winkt, bis man sich nicht mehr sehen kann. Noch klingen ihm Elises Worte im Ohr: »oder eine andere Position«. Undeutlich, unklar sind seine Gedanken wie der Nebel, in den das Schiff jetzt hineinfährt. Ihre Gedanken sind klar: Sie hält seine Vaterschaft für entschieden erwiesener als sein Genie. Und wenn er eins ist – was kann die subalternste Stellung, das provinziellste Blatt ihm anhaben? Soll er doch ein Wandsbecker Bote werden! Wer kann ihn daran hindern? Der hat neun Kinder ernährt!

Wie unangenehm dieser Nebel sich auf die Lungen legt! Den ganzen Kopenhagener Winter hindurch wird Hebbel frieren und hüsteln. Er fällt von einer Atemnot in die andere. Bei Nieselregen kommt er an. Was ihm bevorsteht, ist ein Winter in Vorzimmern und Bibliotheken, überall kalte Füße. Am 23. Januar erst vertreibt ein heftiger Wind die Nebel. Der König entläßt ihn mit den Worten. »Gern werde ich unterstützen.« Da spaziert er zur Stadt hinaus und fühlt sich »vom Sturm gejagt, von den Wellen umtost, einmal wieder als Dichter«.

Jetzt sind die Lichtblicke nicht mehr Elises Briefe wie zu Zeiten der dichten Nebel, sondern der Umgang mit großen Geistern, Thorwaldsen, Oehlenschläger. Und als er abreist, am 27. April, vergoldet die Sonne die Stadt, die ihm »ewig teuer sein wird«. Er hat eine herrliche Reise. »Das Schiff schwamm dahin wie auf einem Spiegel.« In Kiel empfangen ihn blühende Bäume. In Hamburg empfängt ihn Elise.

Sie ist fünf Monate lang wieder nichts als eine Adresse gewesen. Aber nein, sie war mehr! Sie hat das Kind, das Küchlein unter ihren Flügeln. Kein Wort ist zu süß, um seine Engelhaftigkeit zu beschreiben, seine Blondgelocktheit und die kleinen lieben Torheiten, die er seiner Mutter sagt. Längst ist Max seiner Amme entwachsen. Er läuft und läuft und immer in Elises Arme. Wie selig fängt sie ihn auf! Ja, auch er hat das Übermaß ihrer Liebe empfangen. Wer weiß, vielleicht war es das, was ihm auf Erden so schlecht bekam? Elise ist glücklich. Ein Satz, so schlicht wie wahr und so unwahr wie abgründig.

Da sitzt sie und schreibt nach Kopenhagen: »Wie freue ich mich für Dich ...«

Alles verloren! Der Brief, die Worte, die Freude. Es muß nach dem 23. Januar gewesen sein. Wie alt ist Elise? Achtunddreißig. Wie war das Wetter in Hamburg? Welche Röte überzieht Elises Gesicht? Ist es die Anstrengung des Schreibens? Ist es die Freude? Oder der Ärger, weil Max das Tintenfaß umgeworfen hat? Lächelnd umrahmt sie später den Fleck auf dem weißen Papier: »Das war unser Sohn.« (War?) Ja, das war sie, die Briefeschreiberin, die zärtliche Mutter.

Immer wieder weicht sie zurück zu den Schatten. Elise! Elise!

Ein wunderbarer Abend, der 28. April 1843. Gegen sechs Uhr hat Elise das Haus verlassen. Sie will zur Poststation, wo Hebbel, von Kiel her kommend, im Laufe des Abends eintreffen wird. Auch in Hamburg blühen die Bäume. Elise geht nah an den Mauern entlang und atmet den Duft ein, der aus den Vorgärten kommt. Sie geht ein bißchen zu schnell wie in alten Filmen, schnell und mit raschelndem Kleid. Sie trägt einen Hut, hält den Kopf gesenkt und den langen Rock etwas gerafft. Ihr Kleid ist grauseidenglänzend und neu. Es muß ein Genuß sein, so an sich herunterzuschauen und zu spüren, wie sich der Stoff um die Beine legt.

Man hat Mühe, ihr zu folgen. Wenn sie um eine Ecke biegt, entzieht sie sich für ein paar Schritte den Blikken. Aber bald sieht man sie wieder. Leichtfüßig, leichtherzig, leichtsinnig, hat sie genau den Gang: »Geliebte zu Liebhaber eilend im Schutz der Abenddämmerung und hoher Mauern.« – Wie sie das Szenische immer so sicher zu treffen weiß! Darin ist sie unübertroffen.

Wieder hat diese ganz und gar unvernünftige Vorfreude sie überwältigt. Es ist das zweite große Wiedersehen, dem sie entgegengeht und – ja, es ist das letzte. In Wien wird sie ihn noch einmal wiedersehen, vier Jahre später, aber es wird ein schreckliches Wiedersehen sein.

Jetzt nähert sie sich der Poststation.

Nichts als Gesichter: Mütter, Bräute, Matrosen, gelangweilt vom langen Warten, hingekauerte Figuren.

Diese schwerfällige Kamera! Hat sie Elise verloren? Da sitzt sie auf einer Bank. Wie sie dem Auge gefällt! Wie sie leuchtet! Es geht jemand auf sie zu. Sie blickt ihm entgegen, steht auf. Liebe, grauseidene Elise!

Das ist die Stelle, an der wir einhalten möchten. Aber schon lösen sich die Gestalten voneinander. Das Bild verliert seine Konturen, ein Strom vorbeigehender Menschen nimmt sie auf.

Der letzte Sommer war trocken und heiß. Dieser ist verregnet. Tag und Nacht tropft es von den Dächern und rauscht in den Bäumen, die in Zieses kleinem Garten stehen. Wenigstens kein besonntes Grün, kein hoher blauer Himmel. Es ist nämlich der Sommer des Glücks, kurz, unwiederbringlich, und das Glück ist an sich schon trivial genug, ohne Laubschatten und Sonnenuntergänge.

Zweimal 600 Reichstaler machen es zu dem, was es ist, ein Reisestipendium des dänischen Königs. Das ist so viel Geld, wie Hebbel noch nie auf einmal besessen hat. Und Geld macht, trotz aller Versuche, das Gegenteil zu beweisen, glücklich. Aber dieses ist zweckgebunden. Das heißt, es wird seinen Besitzer notwendig von Hamburg entfernen. Es soll der Erweiterung seiner Weltkenntnis dienen. Und damit ist die zweite Bedingung des Glücks erfüllt: Es braucht einen Anlaß, und es braucht das Bewußtsein seiner Vergänglichkeit.

Ja, dieses Glück war vergänglich. Elise hat es in jedem Moment gewußt: Hebbel wird bald auf Reisen gehen. Und er wird sie nicht mitnehmen, weder sie noch das Kind.

Eigentlich war es ein Sommer wie alle anderen. Nur im Lichte des Abschieds, des endgültigen Endes, erscheint er so schrecklich und erscheint er so schön. Alles wird vorbei sein, wenn dieser Sommer vorbei ist.

Im September nämlich kommt der Tag, an dem das Schiff ablegt. Wieder steht man am Hafen, Elise und das Kind. Sie winken, bis nichts mehr von dem Schiff zu sehen ist, das Richtung Le Havre fährt. Der Kleine winkt noch immer, als Elise ihn fortzieht. Es ist der 9. September. Es wird Herbst. In dieser Geschichte wird im Herbst gestorben, und im Frühling werden die neuen Anfänge gemacht. Max stirbt am 2. Oktober, kurz vor seinem dritten Geburtstag, und im Mai des nächsten Jahres wird Elises zweiter Sohn geboren. Ja, so steht es. Die beiden, die hier, Mutter und Kind, gegen alle Gebote der Sparsamkeit, mit einer Droschke heimwärts fahren, die sich gegenseitig ihre Tränen abtrocknen und sich trösten, weil der Vater in die helle weite Welt fährt und sie in Hamburg allein läßt, die denken und sich gegenseitig versichern, er, der Kleine, Lockige, Treuherzige, und sie, die Mutter, ledig und nicht mehr ganz jung: Ich bin ja bei dir, wenn ich dich nur hab! – die werden voneinander Abschied nehmen, ehe ein Monat vergangen ist. Der Falke wird in jähem Sturz zur Erde sinken.

Anfang Juli war Max auf den Hinterkopf gefallen: ein Schritt zu viel in seiner fixen kleinen Ahnungslosigkeit und der Schrei seiner Mutter, die nie den Ton vergessen kann, mit dem sein Kopf auf die steinerne Stufe schlug. Eine lange, lange Pause zwischen Aufprall und Weinen, die das Ausmaß von Schmerz und Schrecken anzeigt – schon ist Elise bei ihm und hält ihn im Arm. Er blutet aus der Nase. Sie trägt ihn aufs Sofa. Wie blaß er ist! Noch immer ringt er um die Luft zum Weinen und ist ganz abwesend vor lauter Entsetzen.

Alle sind äußerst besorgt, Elise, Hebbel, die Mutter.

Jeder hat Meinungen, gibt Ratschläge, wie man am

besten mit dem Kind verfährt. Niemand außer Elise klagt sich an. Es war ihre Fahrlässigkeit. Sie hat das Kind nicht im Blick gehabt. Es ist ihre Schuld. Hebbel, von der Überzeugung durchdrungen, daß dies der Moment sei, wo ein Vater not tue, ordnet strengste Ruhe an. Aber das Kind ist unruhig. Immer wieder will es sich aufrichten, strebt auf Elises Schoß. Jedesmal schreitet der Vater ein. Liegen soll Mäxchen, ganz flach und still. Widerstrebend drückt Elise ihn auf die Kissen zurück. Sie möchte ihn an sich ziehen, in ihre Arme nehmen, wo er zur Ruhe kommen würde, aber: Der Vater hat's befohlen. Mit strenger Stimme weist sie Max zurück. Er reagiert mit maßloser Selbstbehauptungswut. Wenn er das Mitleid seiner Eltern nicht erregen kann, erregt er ihren Zorn. Elise spürt, wie ihre Zärtlichkeit in wütende Strenge umschlägt. Warum läßt er sie allein? Er muß doch wissen, daß es nicht ihre Schuld ist, daß der Vater es so will, nicht sie.

Die tiefste aller Niederlagen: Max schreit und tobt, so böse er nur kann. Da sitzt sie, die Busen und Arme und Stimme hat, ihn zu trösten, aber ein Mächtigerer hat sie in seiner Gewalt und befiehlt ihr zu schimpfen und ihn zurückzustoßen. Eine für immer entthronte Göttin. Er wird ihr das Schlimmste antun, denn auch er hat Gewalt. Sie soll noch zärtlich ihre Arme nach ihm ausstrecken, aber vergeblich!

Nein. Das unschuldige Lämmchen! Ein dummer kleiner Kinderkopf, etwas erschüttert zwar, aber solche Gedanken sind ihm ganz fern. Wer wird sich von der exaltierten Atmosphäre in diesem Zimmer anstecken lassen? Als Max schließlich schläft, erschöpft und mit offenem Mund, hat Elise irgendeine Grenze erreicht.

Wer sie hier weitertreibt, wird erleben, was er lieber nicht erlebt hätte.

Hebbel kann nicht mehr einhalten. Auch er ist er--

regt, auch er seiner Rolle nicht gewachsen. Kaum hat Elise das Kind zu Bett gebracht, und die Eltern sind allein, da bricht er schon los, der Streit. Gott gebe dem armen Kind einen tiefen Schlaf! Es geht um Geld, um die 1200 Taler, es geht um die Opfer, die man gebracht hat und noch bringen wird. Immer wieder fällt auf beiden Seiten dies Wort. Schon ist etwas von wachsender Hysterie in Elises Stimme. Gleich wird sie schreien. Schlafe, kleiner Engel, schlafe tief!

Wir weigern uns, ihre Worte zu verstehen. Auch wir, gebannt durch 135jährigen Schlaf, sind hier zum Glück nicht zu Zeugen bestellt. Träge wälzt der ewige Strom seine trüben Wasser und spült mit sich fort: Tränen, Grimassen, die Häßlichkeit der Kniefälle und boshaften Verrenkungen. Er bringt die schrillen Töne der Verzweiflung zum Verstummen durch die endgültige Stille, die ihnen folgt ...

Nein, das ist kein Streit, wie er ab und zu vorzukommen pflegt, heftig und heilsam, Vorspiel der Versöhnung, auf die er hinausläuft. Kein Streit, von dem man später sagen kann: Wir haben uns gestritten, und indem man so sagt, paßt es auch durchaus ins Gefüge der Welt. Das hier ist ein ganz und gar unheiliges Ereignis. Selbst die Götter halten sich die Ohren zu. Nur der eine, Hypnos, erbarmt sich des Kindes. Ist er nicht gnädig? Und wenn er es schließlich ganz für sich behalten will – wer setzt den Göttern ihr Maß?

Als wir es wagen, wieder hinzublicken, hat Elise längst das Haus verlassen. Ohne Hut und Mantel, im Zustand der exaltiertesten Erregung. Irgendwo sitzt sie am Ufer und blickt lange auf schwarzes Wasser: »Fließe, fließe, lieber Fluß ...« Welche Beruhigung liegt doch im Fortgang der Dinge! Welch trügerische Beruhigung für Elise! Nein, sie wird nimmer froh.

Ein paar Tage später gilt Max als gesund. Aber er bleibt appetitlos und blaß. Er ist oft müde und neigt zum Weinen. Elise füttert ihn mit Lebertran. Seine Zartheit steigert ihre Zärtlichkeit ins Hysterische.

Anfang September hat Max sich erkältet. Vielleicht am Hafen, als er so selbstvergessen seinem Vater winkte. Er hustet tage- und nächtelang. Er fiebert. Elise ertappt sich dabei, wie sie ärgerlich sagt: »Max, hör doch auf zu husten!« Sie kann es einfach nicht mehr hören. Sie ist jetzt allein. Sie braucht ihn, den kleinen Sohn. Ein gesundes Kind kann sie brauchen, kein krankes. Eins, das spielt und lacht und sie am Ärmel zupft, nicht eins, das unaufhörlich und trocken hustet. Besonders nachts ist es kaum zu ertragen. Da steht sie auf, macht heiße Wickel und betrachtet sein kleines Gesicht, wenn er zwischen zwei Hustenanfällen schläft. Sehr blaß, sehr schmal und sehr ernst sieht er aus und sehr schön. Unter allen Schmerzen wird der eine unerträglich sein: ihn zu verlieren.

Noch macht Elise sich die Sorgen, die mittelbar sind: Er hustet so viel, er ißt zu wenig, das Fieber ... Aber bald befällt sie eine panische Angst, die sie vor ihrer Mutter zu verbergen sucht: Der liebe Schatz, der arme kleine Engel, so zart und hilflos liegt er da mit seinem ganzen zukünftigen Leben! Max wacht auf. Er muß sich übergeben, und um so blasser, schmaler, zarter schläft er wieder ein.

Das ist der Abend, an dem Elise nach einem Arzt schickt. Das Mädchen kommt allein zurück. Der Doktor Assing ist verreist. Elise versucht es wieder mit Brust- und Wadenwickeln. Aber die Nacht wird entsetzlich, und am nächsten Tag schickt sie das Mädchen zu einem anderen Arzt. Das Fieber ist gestiegen. Max glüht und wimmert. Er zuckt zusammen, greift an sein Köpfchen. Am Abend steht Doktor Krämer vor der Tür. Das Fräulein Lensing hat nach ihm geschickt, er soll nach ihrem Kind sehen. Armes Mäxchen! Noch sein Sterben hat etwas Unschickliches an sich. Noch der Tod darf seine Mutter ungestraft beleidigen.

Man führt ihn zu Elise hinauf. Eine elegante Erscheinung, Mitte Vierzig, Backenbart. Er begrüßt Elise korrekt und weltmännisch und fragt, wie es unserem kleinen Patienten geht.

»Er schläft«, sagt Elise. »Er hat den ganzen Tag so gelitten, und jetzt ist er eingeschlafen.« Sie möchte den Doktor Krämer bitten, ihn schlafen zu lassen, ein anderes Mal wiederzukommen, aber sie hatte doch so dringlich nach ihm geschickt. Wie soll sie ihn jetzt aufhalten? Schon steht er in Ausübung seiner Berufspflichten am Kinderbett, wo Max den Schlaf der totalen Erschöpfung schläft, der ihn wer weiß zu welchen tiefen Quellen führt, die ihn gesund machen könnten – und er rüttelt ihn wach. Eben wollte es Max gelingen, aus einer bedrohlichen, finsteren Region in eine heitere freie sich zu retten, eben sieht er vor sich das sonnige Feld, und seine Füßchen fühlt er nicht mehr so schmerzhaft und hemmend am Boden kleben, da packt ihn jemand am Arm, ein fremder schwarzgekleideter Mann will ihn halten – ja, er ist es, vor dem er weglaufen wollte, er, vor dem er so schreckliche Angst hat. Ist es der Vater? Nein, er ist ganz und gar fremd. Max bäumt sich auf. Er macht sich stocksteif. Er schreit so schrill, wie Elise ihn nie hat schreien hören. Doktor Krämer befühlt seinen Bauch, er hält seine Arme, mit beiden Händen umfaßt er seinen Kopf. »Halten Sie das Kind fest«, sagt er zu Elise. Er ist ganz ruhig. Und sie, die Mutter als Erfüllungsgehilfin, drückt seine kleinen Handgelenke fest auf das Kissen. Aus starren, entsetzten Augen sieht das Kind sie an. Wieder ist sie in der Gewalt eines Stärkeren.

Doktor Krämer verordnet ein Mittel, irgendeinen Tee, der Krämpfe lösen soll. Dann geht er, glatt, korrekt und unverrichteter Dinge.

Er wird wiederkommen.

Von jetzt an ist alles ein böser Traum.

Ein paar Tage und Nächte lang hat Elise am Bett ihres Kindes gesessen, ohne den Ort zu verlassen, an dem so gelitten wurde. In den Nächten befällt sie manchmal eine Erschöpfung, die tiefer ist als alle Müdigkeit. Dann läuft sie durch Straßen, wo die Bedrohung allgegenwärtig ist: Sie wird verfolgt, etwas Schreckliches will man ihr antun. Der Feind macht sich nicht einmal mehr die Mühe, Masken zu tragen, eine übermächtige Verschwörung. Wo ist Hilfe? Wo ist Rettung?

Nach der banalen Logik des Träumers fällt Elise das Nächstliegende ein: die Flucht zur rettenden Institution. Eine diffuse Gestalt, halb Polizist, halb Rechtsanwalt, einer, der Bescheid weiß und Befugnisse hat –, das ist er, den sie suchen muß, da wird sie Schutz und Hilfe finden.

Sie kennt den Weg. In Todesangst hastet sie durch Häuserfluchten. Hinter allen Fenstern und Türen lauert der Tod. Aber sie schafft es. Sie hat ihn von weitem erkannt, der mit dem Rücken zu ihr steht. Sie holt ihn ein und faßt seinen Arm mit der Zuversicht eines Kindes, das endlich, endlich zu Hause ist –, da dreht er sich um und sieht sie an, und starr vor Entsetzen erkennt sie: Er, gerade er ist der Verfolger.

Hat sie geglaubt, daß es eine Rettung gibt? Ja, er ist es, der zu ihr spricht. Sie hat sich das Gesicht des Schrecklichen ganz anders vorgestellt. Es ist der Rechtsanwalt, den sie gesucht hat, wissend, elegant und auf entsetzliche Weise männlich. Und der abscheuliche Grund der Dinge ist, daß sie ihn liebt. Wie ein Lamm läßt sie sich von seinen Worten schlachten:

»Alles, wovor wir Angst haben, wird uns einholen.«

Am Abend des 1. Oktober geht Hebbel in Paris auf

einen Ball. Er sieht den Cancan tanzen. Freilich gefällt ihm nicht der Tanz, aber doch die Musik. Die will ihm tagelang nicht aus dem Sinn gehen. Besonders fröhlich ist er nicht in diesen Tagen. Aber er arbeitet doch. Er dichtet. Es entstehen Szenen zu ›Maria Magdalena‹, auf die er sich etwas zugute hält. Er wird erst am 22. Oktober erfahren, daß sein Sohn nicht mehr lebt.

»Gott, Gott! Du hättest ihr das Kind lassen sollen, als du sahst, was sie litt, was sie tat, was sie ertrug!«

Ach, was hilft es ihr, daß sie mit sanfter Stimme zu ihm spricht, daß sie ihm Tee einflößt und seine heißen kleinen Hände hält? Noch in der allerletzten Nacht hat sie versucht zu singen. Kein Penicillin und keine fiebersenkenden Medikamente. Elise lebt in der Zeit, in der die kranken Kinder gesund wurden oder starben. Penicillin tut not, und das war noch nicht erfunden. Wir sind nicht in dem Land, wo alles mit allem in Verbindung steht. Was hat Elises Verstrickung in Schuld und Angst mit den Erregern von Krankheit und Schmerzen zu tun, die in dem armen Kopf des Kindes wüten? Alles, alles war eine Folge des Nochnichtvorhandenseins von Penicillin. Oder war es etwa Elises Liebe, ausschließlich und exaltiert, die dies schreckliche Ende herbeigerufen hat mit einer Notwendigkeit, die wir uns scheuen würden zu ergründen? Wahr ist auf jeden Fall, daß es keine Hoffnung gab und daß der Abend kam, an dem Elise durch dunkle Straßen zum Haus des Doktor Krämer läuft. Es ist der Abend, an dem alle Alpträume wahr sind. Das Pflaster unter ihren Füßen ist ein hundertköpfiger Drache. Jeder Schritt schlägt ihm die Köpfe ab, die sich unendlich erneuern. Alles, die Erde, die Luft, die Zeit selber, kämpft auf der Gegenseite. Elise ist ganz allein. Endlich hat sie keuchend einen Mauervorsprung erreicht. Es ist der Eingang zur Wohnung des Arztes. Elise läutet. Sie will den Doktor sprechen. Der Doktor hat keine Zeit. »Mein Kind stirbt«, sagt Elise. Sie hat ihre Stimme nicht mehr unter Kontrolle. Es muß, es muß doch einer helfen!

Der Doktor macht Toilette. Elise hat ihn gerufen. Er erscheint auf der Treppe. Ein Teil seines Gesichtes ist eingeschäumt, er trägt ein Messer in der Hand, ein Rasiermesser, er liebt exakte Grenzen, klar gezogene Linien. Aber er kann auch ungehalten werden. »Was ist los?« – »Mein Kind stirbt«, schreit Elise, die Stimme schrill, die Haare aufgelöst.

Er läßt sie warten. Er nimmt den Bart ab, kämmt sich, legt die Weste an. Dann muß ein Diener die Gamaschen bringen. Zum Schluß fehlt noch das Cape, das schwarze Cape. Er trägt es immer, wenn er Patienten besucht, zumal im Herbst, das Wetter wird schon kühler. Es ist der 2. Oktober. Elise wartet. Die Zeit, die Zeit ist auf der Gegenseite. Doktor Krämer hält ihr die Tür seines Wagens auf, jeder Zoll ein Ausdruck der Bereitschaft, auch dann seine Pflicht zu tun, wenn es ihm auf die Nerven geht. »Es ist so schrecklich«, schluchzt Elise, als er neben ihr eingestiegen ist. »Ja«, sagt der Doktor Krämer und gibt dem Kutscher die Adresse an. Wessen Mitleid hat sie erwartet?

Als Max noch einmal die Augen aufmacht, sieht er wieder diesen fremden dunklen Mann neben seiner Mutter stehen. Als der seine Hand auf ihn legt, ist er viel zu schwach, um zu schreien.

»Ihr Kind ist tot, Fräulein Lensing«, hat Doktor Krämer gesagt. Er kann sie beleidigen, aber Elise hat jemanden, der sich für sie duelliert.

Korrespondenz mit dem Dr. med. Krämer in Hamburg:

Paris, den 3. Mai 1844

». . . Dies ist ein Benehmen, das sich in einer solchen Situation kein Mann, er sei, wer er sei, gestatten wird, wenn er noch einen Rest von Menschlichkeit in seiner

Brust verspürt ... Es ist ein Benehmen, das Sie sich gegen meine Frau, die es darum nicht weniger ist, weil ich bis jetzt in der ... Form der Gewissensehe mit ihr lebe, nicht erlaubt haben sollen, ohne dafür die gebührende Strafe, zunächst durch das mündliche Bekanntmachen in einem engeren, und dann durch ein ganz anderes im weiteren und weitesten Kreise zu empfangen, wenn Sie sich nicht noch jetzt bequemen, meiner Frau schriftlich Abbitte zu tun ...«

Der Doktor Krämer antwortet, genauso erbost. Im August schreibt Hebbel noch einmal zurück. Es ist ein Duell mit Pistolen. Er zielt, er trifft, und das Blut seines Feindes klebt hundertfach vervielfältigt als Drukkerschwärze auf dem Papier. Da steht er, der korrekte Backenbartträger, Leonhard oder wer immer. Eine Bekanntmachung im weitesten Kreis.

»Es kann einige Zeit dauern, bis Sie es erfahren, daß man einen Schriftsteller, der als Talent und Charakter die Achtung seiner Nation genießt, nicht ungestraft in seinen teuersten Interessen verletzt, aber Sie werden diese Erfahrung machen!« Ja, Briefe schreiben! Wer ein Dichter sein will, sollte das nicht versäumen. Er schreibt auch an Elise. Es ist, genaugenommen, von jetzt an alles, was er noch für sie tut.

So steht es. Innerhalb von vier Wochen hat Elise ihre Ersatzmänner verloren, nacheinander, den großen und den kleinen. Aufgelöst hat sich die Scheinfamilie. Elise steht mit leeren Armen, besinnungslos vor Schmerzen, vernichtet.

Unendlich ist ihr Unglück, aber unfaßbar ist es nicht. Eine gewisse Folgerichtigkeit waltet noch in dem Ganzen. Ein Schicksal, traurig, aber nachvollziehbar. Unfaßbar ist nur dies:

Elise, eine Salzsäule mit leergeweinten Augenhöhlen, Elise ist guter Hoffnung. So nennt man das. So steht es. Eine Zelle hat begonnen sich zu teilen, unaufhaltsam, Hebbel und Elise, Hebbel und Elise, Hebbel und Elise ... in alle Ewigkeit.

Aber was macht Elise denn da? Warum stellt sie den Kessel mit Wasser aufs Feuer, schleppt Eimer durch die Wohnung – der eine dampft, der andere nicht – und reißt sich die Strümpfe von den Füßen?

Da sitzt sie, breitbeinig und vornübergebeugt, die Füße im Wasser, glühendheiß und eiskalt, und will die Sonne daran hindern aufzugehen. Zwei Eimer Wasser ins Getriebe der Welt. Stop it! I want to get off!

Ach Elise, nichts an dir überzeugt: deine Kinder so flüchtige kleine Gäste, deine Versuche, sie abzutreiben, so töricht wie erfolglos. Außerdem unglaubwürdig. War dir ein zweites Kind nicht doch heimlich willkommen?

Zumindest am Anfang. Damals gegen Ende des Sommers, als alles noch anders war: ein zweites, endgültiges Unterpfand, bevor er fortging, eine Tatsache, blond und unbestreitbar. Solltest du das etwa nicht gewollt haben? Es mag Männer geben, die ein Kind zeugen und dann nichts mehr mit der Sache zu tun haben. Aber gibt es irgendeinen Mann, der nach dem zweiten Kind noch leugnen kann, daß er eine Familie hat?

Eine kleine, ganz unbedeutende Nachlässigkeit in den Tagen der Versöhnlichkeit, eine Angelegenheit von Sekunden – und was für Sekunden –, dein beruhigendes Gemurmel an seinem Ohr, vollständig vergessen wie der Streit, der voranging, und der, der folgte.

Das soll es gewesen sein? Das gebüßt mit so viel Tränen und Schmerzen? Natürlich hätte Elise es zu verhindern gewußt, natürlich auch Hebbel. Was aber hat seine verwerfliche Sorglosigkeit, was hat ihre unbestreitbare zweideutige Moral mit den eindeutigen und zielgerichteten Prozessen in Elises Uterus zu tun? Wie können wir wissen, wann den Zellen, die auf irgendeine Art, die uns weiß Gott nichts angeht, den Stoff zu unserem Leben bilden, wann ihnen danach ist zu verschmelzen und sich in unaufhaltbarer Insistenz zu teilen? Es ist ebenso leicht zu sagen: Elise hat sich ihre Kinder erschlichen, wie: Gott hat sie ihr geschenkt. Mag sie sie immer erschlichen haben, in den Tagen der Ungewißheit befällt sie doch ein Erschrecken, das ebenso unschuldig ist wie der Vorgang der Zellteilung selber und der Anfang von allem Sein im Bewußtsein der Mütter. Eine Mischung aus Angst und unvernünftiger Hoffnung, nicht mitteilbar und so weit wie möglich entfernt vom Sinn der Worte »Ich bin schwanger« oder »Wir bekommen ein Kind«.

Elise sagt übrigens nichts dergleichen. Die Tage der Ungewißheit sind die Tage des Abschieds gewesen, Anfang September am Hafen. Da kämpft Elise einen kurzen Kampf und hat nicht den Mut, von etwas zu sprechen, das noch so vage ist und nichts betrifft als eine peinliche Unregelmäßigkeit. Eben ringt Hebbel um die letzten Worte.

»Elise«, sagt er, in seinen Augen spiegeln sich fernste Fernen, »Elise«, und einen Fuß hat er schon auf die Gangway zu einem neuen Akt seines Lebens gesetzt –, da steigt auch ihr, was sie sagen wollte, als Schluchzen in die Kehle, und alles findet ein Ende in einem langen letzten Händedruck. Ahnungslosigkeit – das ist der Beginn des Lebens im Bewußtsein der Väter.

Ja, das war es gewesen. Von nun an verkehren sie brieflich. Nie wieder wird Friedrich Hebbel Elise Lensing umarmen. Und doch ist das Spiel nicht aus.

Ein Brief, am 3. Oktober abgeschickt, erreicht Hebbel erst am 22. Er ist inzwischen von St. Germain zum Faubourg poissonnière umgezogen. Darum erhält er den Brief so spät. Es ist die Nachricht vom Tod seines Sohnes.

Auch Hebbel hat am 3. Oktober geschrieben.

Auch sie hat seinen Brief inzwischen empfangen. Er handelt vom Genie in der Weltstadt, vom erdrückenden Reichtum seiner Erfahrungen: »Das Ganze läßt sich nicht bewältigen ... Aber ich wußte mich doch bald zu fassen«, nachzulesen bis zum heutigen Tage in sämtlichen Bibliotheken.

Elises Brief ist nicht erhalten, außer im Spiegel der Reaktionen, die er auslöste und die der Druck unsterblich gemacht hat. Welche Zensur war hier am Werk? Was ließ Elises tränenbenetzte Botschaften aufgehen im Feuer längst erloschener Kamine, während das hohle Echo männlicher Gedanken unversehrt in unsere Hände gelangt ist?

»Liebste, Teuerste, Einzige, wie kannst du Fußbäder nehmen? Es ist ja das höchste Glück, und du willst es als Unglück begrüßen?« (23. 10. 1843)

Da kennen wir das Ausmaß des Schrecklichen, das ihr Brief enthielt. Und was tut er, der Dichter, der große Nachempfinder? Ist er zu ihr geeilt? Hat er seinen Bildungsurlaub in der Weltstadt abgebrochen und ist stehenden Fußes nach Hamburg gereist?

Er schreibt: »Um Gottes Willen keine Fußbäder mehr! Du bist meine Frau, sobald du willst!«

So einfach ist das.

Aber so einfach auch wieder nicht. Schließlich gibt es verschiedene Möglichkeiten. Die legt er ihr dar: Entweder fährt er nach Hamburg, oder Elise kommt nach Paris, oder man trifft sich in Berlin. Elise soll wählen. Warum sie, der die ganze Welt in Tränen verschwommen ist? Warum entscheidet nicht er? Ein Brief von Paris nach Hamburg braucht mindestens eine Woche, macht zwei, bis die Antwort da ist, macht vierzehn Tage Verzweiflung und Ungewißheit in Hamburg und in Paris täglich neue Bedenken.

Wer wollte ihm die gute Absicht absprechen? »Gestern würde ich gleich abgereist sein, wenn ich Geld gehabt hätte.« Wer wollte ihm das nicht glauben?

Erst ein paar Zeilen später stockt der Blick und fällt noch einmal auf das Datum. Kein Irrtum! Es ist der Brief vom 23. Oktober: »Heine ... hat hinter meinem Rücken gesagt, ich sei der bedeutendste Dichter von allen ...« Ist das möglich? In Hamburg ist sein Kind gestorben, und da schmeicheln seinem Herzen ein paar Worte von Heinrich Heine? Er hat es selber gespürt und hinzugefügt: »Vielleicht lächelst Du, indem Du es liesest. Nur darum schreib ich es Dir ...« Mein Gott! Wie weit ist Elise davon entfernt zu lächeln! Wie weit ist Elise von Friedrich Hebbel entfernt! Regungslos sitzt sie da, wohin niemand ihr folgen will, möglichst fern vom Leben und möglichst nah am Tod, an der Grenze, die Max überschritten hat. Eine Insel ist der Sessel, den ihre Mutter ans Fenster gerückt hat und den sie tagelang kaum verläßt. Es ist die starre Form des Schmerzes, die sie erleidet, keine Ausbrüche, keine Exaltationen. Sie ist die Salzsäule.

All ihre Tätigkeiten hatten Max gegolten. »Mit dem Leben des Kindes war auch ihr Leben erloschen«, wird Hebbel später schreiben. Worte! Da sitzt Elise auf ihrer Insel, die Füße umspült von einem Meer siedendheißer und eiskalter Tränen, und hält den Brief in der Hand:

»Du fragst nach Heines Urteil über Judith ...« Hatte sie wirklich gefragt? Sie hatte! Im Kontext von Tod und Schmerzen und neuer Schwangerschaft muß es gestanden haben: »... und was sagt Heine über ›Judith‹?« – Ist das denkbar? Wenn irgendeine Stelle ihres Briefes, dann hätte es diese sein müssen, die das Ausmaß ihrer Qual offenbart: Unbegreiflicherweise hat Elise ihre eigene Vernichtung überlebt. Wie Hölderlin, der sich in Tübingen übertrieben höflich verbeugte: Ich bin es noch, seht, ich schreibe noch Verse – und war es doch nicht mehr, so sagt sie: Ich bin es noch, sieh, Elise, die Selbstlose, die nie vergißt, daß dein Wohl ihr am Herzen liegt. Aber ihr Auge ist starr, und ihre Lippen bewegen sich kaum, wenn sie fragt: Und wie ist es dir ergangen, mein Dichter?

Eine Maske will er zum Lächeln bringen! Nichts rührt sich. Zwei Tage später schreibt er ihr wieder und am 26. Oktober ins Tagebuch:

»Ein Jahr meines Lebens für einen Brief von Elise!«

Fürchtet er wirklich, daß der Schmerz sie umbringt? Er schreibt und überlegt, er zaudert, rechnet und denkt, ziellose Spaziergänge macht er an der Seine entlang, und jeder Stein müßte ihm zurufen: Fahr schnell nach Hamburg! Aber inzwischen hat unter allen Tätigkeiten, die sein Gehirn beschäftigen in diesen Tagen, das Rechnen Oberhand gewonnen. Es geht um Geld, und wie immer, wenn es um Geld geht, geht es in Wahrheit um etwas anderes. Es geht um Erfolg, um Karriere, um Ansehen. Es geht um die passende Frau. »Wir heiraten uns, sobald wir uns wiedersehen. Das versteht sich von selbst«, hatte er in der ersten Erschütterung geschrieben. »Wenn wir uns wiedersehen ...«

»Solltest Du nach Paris kommen«, schreibt er am 31. Oktober, »ich weiß nicht, ob ich es bei der so sehr vorgerückten Jahreszeit wünschen darf! – so würde ich Dich im Bahnhof empfangen.« Und er fährt fort: »Das versteht sich von selbst, ich weiß nicht, was ich schreibe.« Diese Zerstreutheit ist man bei ihm nicht gewohnt. Ein Dichter, der nicht weiß, was er schreibt? Oder will er etwa nicht, was er schreibt? Wünscht er nicht, was er sich vorstellt?

Wohl will er Elise jetzt bei sich haben. Aber er will sie nicht heiraten. Da er nun einmal das eine mit dem anderen verknüpft hat, muß er vermeiden, daß es eintritt. Er wird nicht nach Hamburg reisen und auch nicht nach Berlin. Er kann auch sagen, warum: Der dänische König bezahlt ihn dafür, daß er sich die Welt ansieht. Kehrt er zurück, muß er fürchten, daß er seine Einkünfte verliert. Wovon soll man dann leben?

Damit kommt nur noch die eine Möglichkeit in Betracht: daß Elise nach Paris fährt. Die vorgerückte Jahreszeit, Wind, Wellen und Witterung, werden sie nicht abhalten. Das weiß er genau. Und darum rechnet er so eifrig.

»Da fing ich nach meiner Gewohnheit zu rechnen an, und rechnete so, daß der Hungertod als Facit herauskam.«

Inzwischen hat Elise in Hamburg schon ihre Koffer gepackt. Alle, die jetzt um sie bemüht sind, ihre Mutter, Bekannte, Freundinnen haben ihr zugeredet: Du mußt nach Paris! Da will sie, Anfang November, schließlich fahren, nicht zu Lande, zur See – vielleicht auch mit dem heimlichen Gedanken, daß die Wellen des Meeres das Werk zu Ende führen könnten, das ihr mit allen Wassereimern nicht geglückt ist. Sie ist schon »so gut wie auf dem Weg zum Hafen gewesen«, da erreicht sie sein Brief vom 6. November:

Mit dem Schiff soll sie nicht reisen in ihrem Zustand. Das wird er auf keinen Fall zulassen, der gewesene und werdende Vater. Zu Lande aber wird die Reise um vieles zu teuer. Dazu kommt: ein standesgemäßes Logis in Paris, nicht am linken Seineufer, am rechten, wo es teurer ist, aber ein Dichter sich nicht schämen muß, Besucher zu empfangen, außerdem Holz zum Heizen, Garderobe und Verpflegung. Ein kleines Nebenzimmer muß auch dasein, wo Elise ungestört Toilette machen kann. 600 Taler hat man. Dies alles wohl erwogen, bleibt unter dem Strich nicht einmal so viel, daß einer von beiden sich davon sattessen kann. Fazit: Der Hungertod, oder Elise bleibt, wo sie ist.

Wie überzeugend sind doch Zahlen! Elise packt ihre

Koffer aus. Obwohl es ihr gleich gewesen wäre, an welches Seineufer sie reist. Übrigens kann auch Elise rechnen. Es fehlen ein paar Posten bei ihm. Hat er bedacht, was sie einspart, wenn sie ihre Lebenshaltung in Hamburg aufgibt? Hat er vergessen, was sie, auch in Paris, durch Näharbeiten oder Unterricht dazuverdienen kann, daß er so manches spart, wenn sie selber putzt und das Essen zubereitet? Zahlen!

»Ich wollte, Du hättest, da alles einmal so weit war, Dich an meinen Brief nicht gekehrt und wärst gekommen. Dann säßest Du jetzt bei mir«, wird er zwei Wochen später schreiben. Das sagt sich leicht in Paris. In Hamburg ist es Ende November neblig und kalt. Elise hat wieder den Platz in ihrem Sessel bezogen. Sie ist untröstbar.

»Es ist schlimm, daß Du meine Worte, da Du doch weißt, wie sehr ich immer zwischen den Extremen umher schwanke, stets so genau nimmst«, schreibt Hebbel am 21. November. »Die Rechnung war so wenig ganz richtig als ganz verkehrt.«

Dem Himmel sei Dank! Sie hat es ihm geschrieben! Auch sie hat ihre Rechnung aufgemacht. Er muß sich verteidigen. Aber es muß ein seltsamer Brief gewesen sein, den Hebbel zwischen dem 6. und 21. November 1843 erhielt. Daß wir doch in ihm lesen könnten. Den Film zurückdrehen, bis aus dem Staub der Erde wieder Briefe werden, Briefe und Menschen! Die Kindersärge sind ein junger Eichenstamm, und aus der Asche fügt sich das Papier zusammen, das wenig später auch zurückkehrt in die Wälder.

»Dein Brief ist so schön, so außerordentlich schön« – und so vergänglich, so vergänglich –, »daß ich Zeile für Zeile küssen möchte, besonders, was Du von dem werdenden kleinen Wesen sagst, daß Dir sei, als ob es schon bitten könne.«

Sie hat sich beklagt – und dann diese Schönheit, dieser Abglanz von einem milden Licht! Sie *ist* edel, sie *ist* gut. Diesmal ist sie offenbar, ihre schöne Seele. Sie hat sich artikuliert. Sie hat ihren Widerhall gefunden, und der hat dem Staub widerstanden.

Liebe, gute Elise! Deine Kämpfe. Die Kniefälle deiner Seele, so oft geübt und so schmerzhaft. »Der Entschluß, den wir beide gefaßt haben ...«, erlaubst du ihm zu schreiben. Aber er hat es begriffen, er kennt dich. »Meine Braut«, schreibt er ein halbes Jahr später an Oehlenschläger, »die sich beständig aufopfert und nie einen ihrer stillen Wünsche laut werden läßt ...«

Deine schöne Seele, Elise, ihre Kniefälle, ihre Schmerzen. Ja, du bist in Hamburg geblieben.

Damit war alles entschieden.

Aus der Ferne empfängt sie die Briefe, die sie trösten sollen. Sie verfehlen ihren Zweck.

»Lies«, schreibt er schon am 31. Oktober, »nimm leichte Bücher, Romane von Scott, Sachen von Hoffmann, aus der Leihbibliothek.« Elise konnte kaum bis hierher folgen, selbst seine Worte prallen an ihr ab. Scott? Hoffmann? Ein einziger Satz in seinen Briefen hat sie gerührt. »Elise«, schreibt er am 11. November, »wir sind bestimmt, unterzugehen.« Da spürt sie ihr Herz: Er hat »wir« geschrieben. Das ist es, wonach sie verlangt. Kein Trost, keine aufmunternden Worte. Cotta hat ihn zurückgewiesen, legt keinen Wert auf Reiseschilderungen aus der Feder von Friedrich Hebbel. Was immer es ist, das ihn in diese Stimmung versetzt –, gepriesen seien die Worte, die Elise ohne Bitterkeit lesen kann: »Wir sind bestimmt, unterzugehen, aber ehe es soweit kommt, sollen wir erst alle möglichen Leiden, die großen wie die kleinen, durchempfinden!«

Es waren die großen, die Elise empfand. Es waren

die großen. Es waren die wirklichen Schmerzen, nicht die gedachten. Die besonderen waren es und nicht die allgemeinen. Ja, Friedrich Hebbel, es waren die ganz speziellen. »So viel sehe ich schon jetzt«, hast du am 5. Dezember an Elise geschrieben, »Ihr seid beneidenswert.« Mit »Ihr« meinst du die Frauen. »Das ungeheure Weh der Welt muß Euch gar nicht berühren, denn so groß könnte der Schmerz um das einzelne gar nicht werden, wenn Ihr irgendeinen Schmerz um das Ganze hättet ...«

Das kann nicht dein Ernst gewesen sein, Friedrich Hebbel! Wolltest du damit Elises Tränen trocknen? Es waren wirkliche Tränen, keine gedachten! Nein, es war nicht dein Ernst! Erinnerst du dich daran, daß Ihr vor einigen hundert Jahren – »Ihr«, das heißt jetzt: Ihr Männer – mit Daumenschrauben und spanischen Stiefeln gearbeitet habt, um das Böse im besonderen zu vernichten, damit das Gute im allgemeinen siegen kann? Verzeih, daß hier davon die Rede ist. Du weißt es selbst. »Freilich ist's auch ein anderes, vor dem Messer, das nur schneiden *kann,* das ist das Allgemeine, zusammenschaudern, und unter dem Messer, das *wirklich* schneidet, das ist das Spezielle, zusammenzucken«, hast du am selben Tag ins Tagebuch geschrieben. Ja, das Messer hat geschnitten. Dein Kind getroffen, deine Frau. Warum bist du so unantastbar im allgemeinen geblieben?

Am 23. Dezember hast du dich über den Tod deines Sohnes »beruhigt«, nachdem dein Schmerz sich anfangs bis zum »Gehirnkrampf« steigerte. Wieso »Gehirn«krampf, Friedrich Hebbel, hast du dein Herz im Kopf? Elise glaubst du am Weihnachtsabend getröstet. Du hattest ihr Verse geschickt.

Das abgeschiedene Kind an seine Mutter zu Weihnacht

Oh, meine Mutter, schwer war unser Scheiden,
drum muß ich mich noch einmal zu dir wenden,
Dich zu beschwichtigen in deinem Leiden!
Und ob mich auch die tausend Sonnen blenden,
die still und groß an mir vorüberwallen,
doch find ich sie, der sie die Strahlen senden.
Denn deine Tränen leuchten mir vor allen! . . .

Philosophie in Terzinen, das kann nicht jeder. Mit Recht warst du stolz darauf. Aber Elise war nicht getröstet. Sie hat es dir nie gestanden, aber – weiter hat sie gar nicht gelesen. Alle die schönen, schönen Verse, vier Seiten lang. Sie verschwimmen vor ihren Blicken. Es ist nun einmal so: Aus deiner Feder fließen die Worte, aus ihren Augen die Tränen. Da hast du ihn, den Unterschied, der dir so viel zu schaffen machte!

Weihnachten spürt Elise schon die Bewegungen ihres Kindes. Immer noch sitzt sie die meiste Zeit stumm am Fenster. Sie trägt ihr Kind aus. Was ist ein Monat? Elise ißt, sie geht zu Bett, sie läßt ihren Bauch wachsen. Ein brütendes Säugetier, eine schwangere Pflanze.

Im Mai soll sie zum zweitenmal gebären. Elise hat Angst davor. Wer leicht wie ein Gedanke ins Leben tritt, den können wir uns zur Not auch leicht bei den Unsterblichen denken. Elise aber wird keinem Dichter glauben, daß die ewigen Menschenkinder von einer Welt in die andere hinüberspielen. Ebensowenig läßt sie sich weismachen, daß sie von einem holden kleinen Geist umschwebt wird, der, um die Abgeschmacktheit seiner Possen vollzumachen, durch die Feder seines dichtenden Vaters zu ihr spricht. Sie hat erfahren, wie schmerzhaft der Weg ins Leben ist, und sie hat den Faden verfolgt bis an sein anderes Ende. Seither verschmäht Elise »christliche Nichtigkeiten«, wie Hebbel nicht ohne Anerkennung in seinem Brief vom 5. Dezember bemerkt. Aber sie verschmäht auch philosophische Tröstungen, gereimte und ungereimte.

»Christliche Nichtigkeiten« – zitiert er sie wörtlich? Ist das Elises Stimme? Wie recht sie hat!

Nein, solche Schmerzen werden nicht gelitten, damit ein Kind um so seliger in der Ewigkeit weiterspielen kann. So grauenhaft wird nicht vermißt, wer aus geheimnisvoller Nähe flüstert. Elise hat verloren, was sie liebte.

Immer, wenn in Elises Leben etwas geschieht, erscheint es als Fehltritt, und wenn sich etwas wiederholt, als Rückfall. Ihr Verhältnis mit Hebbel: eine Serie von Fehltritten und Rückfällen. Ihr erstes Kind: ein Fehltritt, ihr zweites: ein Rückfall in das Laster, schwanger zu werden. Mehr mitleidige als empörte Blicke streifen diesmal ihren wachsenden Bauch. Sie kann wohl nicht anders. Nein, sie kann nicht anders. Diesmal liegt die Lasterhaftigkeit des Vorgangs in seiner Wiederholung. Noch weiß niemand, mit welch schauerlicher Exaktheit sich alles wiederholen wird.

Als am 13. Mai 1844 die Wehen beginnen, glaubt Elise ganz gewiß zu sterben. Mit einer Sorgfalt, die Hebbel rührt, hat sie vorher über ihre paar Habseligkeiten verfügt. Ihm soll selbstverständlich fast alles gehören, Möbel, Hausrat, ein paar Schmuckstücke, Bücher. Ihre Sorge ist, daß auch alles unversehrt in seine Hände gelangt. Kein Gedanke an das zukünftige Kind.

Ohne Kampf und Hoffnung überläßt sich Elise den Wellen ihrer Schmerzen. Wir sagen »Schmerzen«, obwohl wir wissen, daß es keine sind. Irgendein Mann, ein Arzt, ein Vater, der Geburtshilfe leisten mußte, hat das Wort verwendet, als er die Anzeichen einer ihm fremden Qual bemerkte und das Stöhnen hörte, das über Stunden nicht enden wollte. Er hat sich eine aus Abscheu und Ehrfurcht gemischte Erinnerung an das Ereignis bewahrt und spricht seitdem von »Schmerzen«, wenn die Rede darauf kommt. Und sie, gewöhnt, seine Sprache zu sprechen, verwendet das Wort der Einfachheit halber auch. Er würde sie sonst nicht verstehen. Sie nimmt sich vor, darüber nachzudenken, wenn sie Zeit hat. Aber sie wird von jetzt an immer etwas Wichtigeres zu tun haben, und wenn die Kinder groß sind, ist sie alt und kann sich beim besten Willen an nichts mehr erinnern – im Gegensatz zu ihm, in dem dieses Erlebnis eine unverwischbare Spur des Grauens zurückgelassen hat.

Die einzige, die Bescheid weiß, ist die Hebamme. Aber diejenigen von ihnen, die man nicht als Hexen verbrannt hat, stehen mit den Männern im Bunde und würden sich lieber die Zunge abbeißen, als ihnen nicht nach dem Munde zu reden: »Reißen Sie sich zusammen und stöhnen Sie nicht so laut. Der schönste Lohn der Schmerzen ist ein gesundes Kind!«

Elise stöhnt, wenn es ihr paßt.

Sie hat seit vielen Monaten nichts anderes getan als geschehen zu lassen, was geschehen muß. Nichts liegt ihr ferner als zu kämpfen. Sie ist nicht mehr die Frau mit den überspannten Erwartungen, die sich wider alle Vernunft ein heiß ersehntes Kind ertrotzt. Unbegreiflicherweise will das Leben sich ausgerechnet in ihr noch einmal reproduzieren. Sie kann es nicht daran hindern. Ganz andere Dinge hat sie nicht verhindern können. Die Katze hat gestreunt, als es Frühling wurde. Ein Kater hatte es ihr angetan. Wen kümmert es, daß inzwischen noch einmal der Winter hereingebrochen ist? Im Mai wirft die Katze Junge. Ein niedliches kleines Maikätzchen hat sie geboren, ein sonderbares Kerlchen mit schwarzen Haaren, das niemandem gleichen will. Es wird sich nicht so leicht zum Stellvertreter und Ebenbild eignen wie sein toter Bruder.

Es ist der 14. Mai 1844. Elise ist neununddreißig. Vor sieben Monaten ist Max gestorben.

Der Vater im fernen Paris zeigt sich entzückt, soweit seine Briefe das erkennen lassen. Er wird diesen Sohn nie sehen. Er wähnt die arme Elise nun vollständig getröstet. Der Herr hat gegeben, der Herr hat genommen, der Herr hat wiedergegeben, das Mutterherz hat Ruh. An eine Wiederholung des himmlischen Regiefehlers denkt er nicht.

In seinen Stücken waltet ein gefügtes Schicksal, grausam, menschenvernichtend, aber nie ohne erkennbares Gesicht. Es hat die Absicht, etwas zu beweisen, und so wählt es mit Bedacht unter den unendlichen Möglichkeiten der Ereignisse aus. Wie dämonisch es sich auch immer gebärden mag, er hat doch Stil, und plumpe Wiederholungen sind ihm fremd.

Hat er nicht ein Recht, der Stückeschreiber, im unheilvollen Verlauf der Dinge sich von Elise abzuwenden, die zweimal den gleichen Blitzstrahl auf sich zieht? Wenn schon ein blindes Fatum über unserem Leben waltet, wenigstens sollten wir bauen können auf die Gesetze der Wahrscheinlichkeit. Kinder sind sterblich. Elise bekommt zwei Kinder. Sie hat ihr erstes Kind verloren. Sie wird auch ihr zweites Kind verlieren. Warum nicht? Ja, warum eigentlich nicht?

Schon gut, schon gut. Rein mathematisch gesehen bleibt keine Frage offen.

Wer wollte behaupten, daß sich mit der Geburt des neuen Kindes nicht alles geändert habe? Die ganze Last der vergangenen Monate liegt ihr jetzt weich und zart im Arm und will geliebt werden. Elise hat schon ganz anderen Versuchungen nicht widerstanden.

Er ist dunkel. Max war blond. Er ist häßlich. Max war ihr hübsch erschienen von Anfang an. Er läßt ihr keine Chance, ihn zu verwechseln. Sie wird ihn Ernst nennen. Ernst Friedrich Hebbel.

Ach, wer doch froh werden könnte, wenn er Elise sieht mit dem Kind auf dem Arm! Wieder steht sie im Gegenlicht, von Sonne überflutet. Vor dem Fenster steht Elise und hält ihr Kind, als wenn es draußen schon etwas sehen könnte: blühende Bäume und frühsommerliches Grün. Noch einmal bildet Elise die Silhouette des Glücks. Noch einmal gleicht sie sich selber.

Aber sie ist in den Jahren, in denen Anmut und Schönheit eine Frage der Beleuchtung sind. Kaum ist sie in den Halbschatten getreten, wird alles offenbar: Die Tränensäcke unter ihren Augen, die Falten, und auch ihr Nacken ist nicht mehr, was er einmal war. Früher so unwiderstehlich sanft gebeugt, entwickelt er sich nun zum Rundrücken. Nach der Geburt wird sie schnell wieder schlank. Elise gehört nicht zu den Frauen, die in den mittleren Jahren zum Zeichen ihres endgültigen Verzichts auf ein von ihnen selbst geformtes Leben Fett ansetzen. Sie ist eher ein wenig zu mager.

Übrigens hat das niemandem gefallen. Männer beruhigt es, wenn Frauen dick sind. Eine zu dünne Frau in Elises Alter erweckt den Eindruck, als hätte sie nicht alles, was sie braucht, und im Hinblick auf die altersbedingt geringe Erfüllbarkeit etwa bestehender Wünsche wirkt das irgendwie peinlich. »Wer wird Elise noch heiraten?« war die Frage, die sich bei ihrem Anblick einfach jedem aufdrängte. Die Antwort war ebenso klar: »Niemand als der, der dazu verpflichtet ist.« Und dem blieb ihr Anblick bis auf weiteres erspart.

Mein Gott, Elise hatte nicht mehr die geringsten Chancen. Und damit ist der Punkt längst überschritten, bis zu dem sich ihre Geschichte noch den Gesetzen der Erzählbarkeit beugt. Wir wollen Paarungen sehen, nichts als Paarungen. Wenn wir schon einem Untergang unsere Aufmerksamkeit widmen, wissen wollen wir auch dabei noch, wer mit wem zur Hölle fährt.

Elise ist allein. Sie wird es bleiben. Erlahmt ist die geheime Triebfeder, die die Augen über die Buchstaben treibt. Elise wird niemandem mehr in die Arme sinken.

Und doch hat auch das Unglück seine Geheimnisse, und auch das Leiden gewährt uns die verbotenen Einblicke, die wir nicht missen möchten. Wer sähe nicht gern von Zeit zu Zeit einen Scheiterhaufen brennen? Elise hat nichts mehr zu hoffen. Da steht sie, die Haut schon ein bißchen welk, die Gestalt schon ein wenig gebeugt, und ein Haarknoten, etwas zu klein und etwas zu tief, rundet das Bild ab, das sie im Grunde immer geboten hat: das des älteren Fräuleins, der Gouvernante. Aber sie hat ein Kind an der Brust. Ein seltsamer Kontrast. Ist sie die Mutter, Großmutter, die Kinderschwester? Vorübergehende stoßen sich an und rätseln. Eine ältliche Mater dolorosa.

Ihre Brust ist leer. Schon ist Elise wieder im alten Fahrwasser ihres Übereifers: Eine Amme muß her. Streng rügt der sparsame Vater in Paris: Kuhmilch hätte es auch getan. Oh, daß er geschwiegen hätte!

Wer will Elise aufhalten, wenn sie mit Rückenwind segelt?

Ihr Maikind wächst heran. Es lacht und greift mit seinen Händchen ins Leere. Es raubt seiner Mutter die Nachtruhe wie alle Kinder, es fiebert und greint und wird wieder gesund und lacht und spielt. Es wächst seinem dritten Geburtstag entgegen, an dem es seinem Bruder bereits gefolgt sein wird.

Eine Zukunft hat es nur in den Gedanken seiner Mutter.

Es verläuft ja das Leben der Frauen in Kreisen oder in Zyklen, die auf geheimnisvolle Weise den Phasen des Mondes gleichen, wesenlos, unergründlich und naturhaft. Darum ruhen sie auch so schön in sich selber, während sich die Natur in ihnen und um sie herum nach ewigen Gesetzen im Kreise dreht, unterbrochen nur durch gelegentliche Geburten –, dann geht es wieder rund.

Die Männer dagegen schießen pfeilgerade in die Welt hinaus: Paris, Rom, Wien, und lassen die leuchtenden Spuren ihrer Werke hinter sich zurück.

Elise sitzt in Hamburg, immer am gleichen Ort. Immer enger werden die Kreise, die ihr Leben zieht, bis es sich unaufhaltsam der Stelle alten und neuen Unheils nähert: den Tagen vor dem dritten Geburtstag ihres Kindes: Das gleiche wird wiederkehren in vollendeter Tatsächlichkeit.

Währenddessen befindet sich der Dichter auf der Reise ins Neue, Ungewisse, die ihn schnurstracks ins Land der Kunst, des Geistes und der blühenden Zitronen führt. Im September 1844 verläßt er Paris. »Lebe wohl, Du schöne herrliche Stadt, die mich so gastfreundlich aufnahm! Empfange meinen wärmsten Segen!«

Er fährt mit dem Schiff die Rhône hinab, über Lyon und Avignon. Er läßt seinen Blick über Weinberge schweifen, eine glückliche, golden besonnte Welt in dem milden Septemberlicht, das ihm schon vor den Toren Hamburgs die Knie weich gemacht hat, wo nichts unter der Sonne heranreift als ein paar saure Äpfel. Am Abend wird er sich ein Glas Wein gönnen. Ihm ist nach Verschwendung zumute. Sanft gleitet sein Schiff durch eine Welt, die der Himmel vor seine Augen gebreitet hat, beziehungsweise der König von Dänemark. Selbstvergessen trommelt er einen Rhythmus auf die Reling:

»Oh stört sie nicht, die Feier der Natur ...«

Auch er war einmal in Arkadien.

In Marseille schifft er sich nach Civita vecchia ein. Am 3. Oktober betritt er den Boden des Landes nordischer Sehnsüchte. In Hamburg ist alles beim alten geblieben.

Elise ist umgezogen. Wie oft sollte sie noch ihre Wohnungen wechseln! Eine Zeitlang hatte sie bei einer Freundin gewohnt. Zu ihren Eltern mochte sie nicht mehr zurück – obwohl es viel Geld gespart hätte, wie in den Briefen aus Paris immer wieder bemerkt wird. Sie hat eine eigene Haushaltung, mit Mobiliar, mit Dienstmädchen und allem. Mein Gott, wer soll das bezahlen?

Begreift er denn nicht, der so fragen kann, daß das alles für ihn ist? Er hat begriffen. »Was die Wohnung betrifft, so ist mir jede recht. Ich brauche gar kein Separatzimmer, denn ich werde niemand besuchen und also auch niemand bei mir sehen, und mein bißchen Arbeiten kann allenthalben geschehen ...« Wer hörte da nicht schon heraus, was in Zukunft immer deutlicher zu lesen sein wird: Zu dir zurückzukehren bedeutete für mich das Ende! »Eine Folterkammer ist doch kein Asyl«, wird das später mit Bezug auf seine Rückkehr nach Hamburg heißen, als er in Wien in den Wonnen der Geselligkeit und des Anerkanntseins schwelgt. Da werden die Grade der Entfernung meßbar.

Elise ist umgezogen. Aber in Hamburg ist alles beim alten geblieben. Sie hat ihr Kind – er hat es immer »ihr« Kind genannt –, sie empfängt seine Briefe, sie sorgt sich ums Geld und braucht für den Spott nicht zu sorgen. Briefe und Kinder hat sie empfangen. Die Briefe hat sie bewahrt, die Kinder hat sie verloren. Ja, in Hamburg ist alles beim alten geblieben.

Aber es führen von dort die Wege in die Welt hinaus,

freilich nicht für jeden. »22 Jahre auf einem Fleck in Dithmarschen, und jetzt doch im Begriff, nach Rom zu gehen.« Da hat es einer geschafft! Elise schafft es nie.

In Rom wird er erst einmal krank. Verzweifelt sehnt er sich nach der milden, goldenen Sonne, die eben noch die Welt beschien, durch die er schiffte. Hier ist ihm alles zu hell. Er hat Fieber, nicht hoch, aber beständig. Kopfschmerzen quälen ihn ohne Ende. Seine Augen sind für dies grelle Licht nicht gemacht. Sie sind müde vom Blinzeln. Nachts findet er keinen Schlaf. Er friert unter der dünnen Decke und legt alle Kleider, die er hat darauf. Es sind zu wenige, um warm zu werden.

Da ist er, der bedeutende Mann am bedeutsamen Ort, der König von Dänemark hat es sich etwas kosten lassen. Jahrtausende bieten sich seinen Blicken dar. Alle die Zeugnisse großer Vergangenheiten warten unter südlicher Sonne darauf, seinen nordisch klaren Geist befruchten zu dürfen. Und er, der dünnhäutige Germane, fiebert. Nichts geht ihm zu Gemüt und alles auf die Nerven.

Der Himmel ist so blau wie er ihn niemals gesehen hat, der Lorbeer blüht, und an der Villa Pamphilii »eine unendliche Fülle von Rosen« – Ende Januar! Aber wie soll er sich freuen? »Nein, nein, mir wird doch alles vergiftet! Die Jugend, die Studienzeit, jetzt die Reisen. Und alles, weil ich kein Geld habe!«

Auch der römische Karneval rauscht an ihm vorüber und läßt ihn, einen ewigen Betrachter, am Straßenrand zurück. Aus einer vorbeifahrenden Kutsche wird er mit Blumen beworfen. Das schönste Mädchen sitzt darin und errötet, als er sie ansieht. Er trägt jetzt einen Vollbart, germanisch-rötlich, die Augen: »Barbarossa-Augen« (am 30. 1. 1845 an Elise), die Haare lang, die Kleidung abgetragen –, es muß doch etwas an ihm sein, daß diese junge Dame Blumen nach ihm wirft! Es freut ihn, o es freut ihn so, daß er den Corso augenblicklich verläßt, um mit dieser Freude allein zu sein! Er selbst ist rot geworden, ein ausnahmsweise glücklicher Barbarossa. Am Abend setzt er sich hin und schreibt alles getreulich an Elise.

Doch schon am nächsten Abend hat ihn das Mitleid mit sich selber überwältigt:

»Was man ein Narr ist! Wie gern man die erlöschende Lebensflamme wieder anzünden möchte! Du brauchst Dich nicht zu fürchten, daß ich mich bei Signora Gagiati einführen lasse; wenn mich nichts anderes abhielte, würde meine Toilette es tun.«

Die Zeit ist noch nicht gekommen, wo er, neu eingekleidet, eine neue Rolle spielen darf. Noch ist er der Junge, der in der fremden Stadt vor der Theaterkasse steht und kein Geld hat, eine Eintrittskarte zu kaufen. Die Leute gehen an ihm vorüber. Es sind immer die anderen, die dabeisein werden. Verzweifelt spürt er seine roten Ohren. Niemand könnte hier mehr fehl am Platze sein als er. Zehn Jahre später schlendert er wie zufällig an der Tür des Bordells vorbei, als wenn er gar nicht wüßte, wo er wäre. Fünfzig Meter weiter überquert er die Straße. Noch wäre es möglich umzukehren. Und wieder ist ihm diese peinliche Hitze in den Kopf gestiegen.

Ein fast immer unglücklicher Barbarossa.

Mutlos schlendert er um alle die römischen Brunnen. Keine Quelle da, um seinen Durst zu löschen. In den Vatikanischen Sammlungen tut er sich um. Die Sphinxen haben vergeblich diesen abweisenden Blick in die Jahrtausende: noli nos tangere – die Besucher legen ihnen vertraulich die Hand auf die Pranken. Er dagegen fühlt sich abgewiesen. Alle Vertraulichkeit ist ihm fremd, auch die mit den Kulturgütern. Noch verursacht ihm das die unangenehmen Gefühle der Minderwertigkeit. Später wird er lernen, in der fehlenden Vertraulichkeit die Verwandtschaft zu sehen. Aber auch dann wird er immer der arme Verwandte bleiben, der Weithergelaufene in abgewetzten Kleidern.

Sein Auge, auf dem Weg über Generationen gewöhnt an Heide und graues Ödland, ist keins für Raffael und Borromini. Auf der Piazza Navona sitzt er, tief in Gedanken verloren. Da streift eine Taube seine Schulter. Er erschrickt. Woran hat er gedacht? Nicht an Elise.

Du Glücklicher! Beneidenswerter! hat sie ihm geschrieben. Mit Wasser und Brot wolle sie sich begnügen, wenn sie Italien sehen könnte. Das hat ihn empört! »Ich soll mich hier amüsieren? Wie? Nicht einmal die Galerien kann ich besuchen...« Tantalusqualen leidet er. Das müßte sie doch wissen! Ach, muß sie das?

Elise sitzt in Hamburg, immer am gleichen Ort. Nicht einmal die eigene Wohnung soll sie behalten dürfen. Immer wieder wird sie in Briefen gemahnt, doch wieder zu ihren Eltern zu ziehen. Das wäre viel billiger.

Vom Stadtdeich in die Vorstadt St. Georg – Langereihe Nr. 5, weiter war es ihr nicht gelungen, sich von ihrem Ausgangsort zu entfernen. Und nun soll sie auch von da zurück. Er ist in Paris geblieben. Er bleibt in Rom. Sie aber soll nicht in der Vorstadt St. Georg bleiben. Immer wieder wird in seinen Briefen mit Absicht mißverstanden, für wen sie hier die Stellung hält: für ihn, wenn er zurückkehrt, *daß* er zurückkehrt. Aber er kehrt nicht zurück. Nie war er weiter entfernt. Nie waren ihre Kreise enger. Einsam dreht sie sich, dreht sie sich auf dem Eis, während sich der, der sie auffangen soll, immer weiter von ihr entfernt. Sie wird ins Leere stürzen.

Längst läuft der kleine Ernst auf strammen Beinchen. Er räumt seiner Mama den Nähkasten aus und zerstört ihre Handarbeit, die sie geduldig wieder von vorn anfängt. Er läuft ohne »Fallhut«. So ein Ding hat Hebbel in Paris auf der Straße gesehen. Weiß der Himmel, wie es aussah. Jedenfalls ordnet er an, daß das Kind, sobald es laufen kann, keinen Schritt ohne »Fallhut« tun soll, um vor den Folgen eines Sturzes bewahrt zu werden, der, wie er meint, Max das Leben gekostet hat.

Es ist die einzige Anweisung, mit der er sich jemals in die Erziehung dieses Kindes einmischt. Mit einem Sturzhelm will er es vor den Tücken des Schicksals sichern! Elise sieht sich außer Stande, seinen Rat zu befolgen. Der kleine Ernst fällt auf den Kopf wie alle Kinder und schreit und läßt sich trösten und trägt seine Beulen davon. Er hat die zärtlichste Mutter von der Welt. Beflissen und überschwenglich, wie sie nur jemals war, widmet Elise sich diesem Kind. Es war tatsächlich alles, was sie hatte.

Warum nur ist sie manchmal so ungeduldig? Sie schlägt ihm auf die Finger. Sie schreit ihn an, daß seine Augen groß und starr vor Entsetzen werden. Einmal, als er nachts nicht schlafen will, packt sie ihn an den Schultern und schüttelt ihn und wirft ihn auf sein Bett. Später erdrückt sie ihn mit Küssen und Zärtlichkeiten. Was ist mit ihr los? Elise ist sanft und freundlich gewesen, jetzt wird sie hart und zornig. Sie ist Ende Dreißig gewesen, jetzt ist sie Anfang Vierzig. Sie ist hübsch und jung gewesen, jetzt wird sie alt. Elise ist so selbstlos gewesen, immer hat sie an andere gedacht, meistens an Friedrich Hebbel, jetzt denkt sie an sich selber.

Wo bleiben ihre schönen Gesten und die tiefen Worte?

Noch aus Paris hat er geschrieben: »Meine teuerste Elise! ... Dein lieber Brief ...« und: »ewig, Dein Friedrich Hebbel.«

Aber am 16. Dezember 1844 heißt es aus Rom nur

noch: »Liebe Elise! ... Dein Brief ... Dein Friedrich Hebbel.« Was ist geschehen?

Gleichzeitig mit der Anrede und dem Ton hat auch die Adresse sich geändert:

»Madame Dr. Hebbel, Amburgo, Germania« – lautet sie jetzt und nicht mehr: »Dem Fräulein Elise Lensing in Hamburg«.

Womit du ihn immer erpreßt haben magst, Elise –, was du hier gewinnst, das mußt du dort bezahlen.

Es hat sich nicht gelohnt, daß du für Briefträger und Stubenmädchen Madame Hebbel warst. Als du es für sie wurdest, warst du es schon nicht mehr. Und wer hat sie geglaubt, Elise, die Geschichten von der heimlichen, längst erfolgten Hochzeit? Niemand. Hast du so gelitten unter dem Spott und der Verachtung, daß dir die dümmste aller Lügen recht war, um dir ein wenig Erleichterung zu verschaffen? Das Kind? Es ging dir um das Kind? Elise! Gib einmal, einmal zu, daß du an dich selber gedacht hast! Aber dein Spiel war verloren:

»In einem Punkt hast Du Dich verändert. Du warst umsichtig, Du suchtest Dich nicht dadurch aus einer kleinen Verlegenheit zu ziehen, daß Du Dich oder mich in eine größere stürztest. Welch eine Situation finde ich in Hamburg vor. Ich bin verheiratet, mein Name steht auf Assecuranzscheinen und in Mietcontracten ... Kann ich nach Hamburg zurückkehren, ohne auf der Stelle zu heiraten, wenn ich mich und Dich nicht den heillosesten Spöttereien aussetzen will?« Und dann verfällt er wieder ins Rechnen. Ergebnis: Kein Geld. Ohne Geld keine Heirat, und ohne Heirat also keine Rückkehr nach Hamburg möglich. Wer ahnte sie nicht schon, die nächste Schlußfolgerung in dieser völlig logischen Gedankenkette: Also machen wir ein Ende! – Jetzt fängt Elise an zu kämpfen.

Könnte man nicht in Berlin leben statt in Hamburg? Abgelehnt. Oder in Dresden?

»Deinen Plan, nach Dresden zu gehen, verstehe ich nicht recht. Dem müßte ja jedenfalls eine Heirat vorhergehen, von der ich nicht begreife, wie Du auch nur an die Möglichkeit denken kannst.«

Ihre Mutter würde die Trauungskosten vorstrecken – »Allmächtiger Gott, wenn man nicht einmal die hätte, woher das Übrige nehmen?«

Er will nicht. Begreifst du, Elise? Aber das kann doch nicht sein! Sie hat das Kind, sie hat die alten Rechte, sie hat seine Briefe aus Paris. Erinnert er sich nicht mehr daran: »Wir werden uns heiraten, sobald wir uns sehen ...« Das ist es eben. Darum werdet ihr euch so bald nicht wiedersehen, Elise. Erst viel später. Erst in Wien. Erst wenn dein Kind gestorben ist. Erst wenn er eine andere Frau hat.

Das schlimmste sind die Selbstgespräche. Mit wem soll sie reden? Nach allen Seiten grüßt sie lächelnd als Madame Hebbel: »Ja, es geht ihm gut. Er schreibt fast täglich.« Ob es geglaubt wird oder nicht –, mit wem soll sie noch reden? Und reden muß sie. Nicht mit sich selbst, mit ihm spricht sie, besonders nachts, wenn sie allein ist, wenn das Kind schläft. Da unterbricht sie niemand. Niemand dämpft ihre Wut und ihre Empörung, niemand stachelt sie an. Da fließen ihre Worte unhörbar, sie formen sich zu ungehörten Sätzen. Nichts hemmt die Macht ihrer Argumente, die unwidersprochen zu gewaltigen Bastionen des Rechts und der Eindeutigkeit werden. Hier findet sie die Worte für ihre Liebe, nach denen sie immer suchte, klar und letztgültig. Immer sicherer wird sie, immer überzeugter von allem, was gilt und gut und richtig ist. Wer wollte ihr entgegentreten? Niemand, denn sie ist allein.

Am nächsten Morgen, als sie das alles nach Rom adressieren will, wo es hingehört, kaut sie schon wieder an der Feder. Wo ist die Überzeugtheit ihrer einsamen Nächte geblieben, die schöne Eindeutigkeit ihrer

Worte? Kaum auf dem Papier, sind sie mißverstehbar. Und sie werden mißverstanden!

Gottvertrauen hatte sie gesetzt gegen sein kleinmütiges Rechnen und seine Bedenklichkeit. Wie sollen wir leben? Wovon sollen wir leben? Was kann uns helfen und wer? All diesen ängstlichen Fragen ist sie entgegengetreten mit einem Lächeln. Hab Mut! hat sie ihm zugerufen. Wir werden es schaffen! Und sie hat die Sicherheit ihres Gefühls für das Einverständnis der höheren Mächte genommen. Mit Gottes Hilfe – hat sie hinzugefügt, und: Ich fühle, daß sich alles zum Guten wenden wird.

»Ich kann so etwas nicht ohne den peinlichsten Eindruck lesen«, schreibt er darauf. »Der liebe Gott ist wie die Luft; wir leben und weben in ihr, aber wir können keine Würste und keinen Speck herausschneiden.« Und später noch einmal: »Nie wieder etwas von Gott, von Vorgefühlen usw. Meine Hand fährt unwillkürlich nach Briefen, die so etwas enthalten, um sie zu zerknittern.« Da werden ihre Lippen schmal, wenn sie das liest, und in der Nacht führt sie Gespräche ganz anderer Art: Heirate sie doch, deine Italienerin! schreit sie ihm entgegen. Glaubst du, ich weiß nicht, was du dort treibst und warum du nicht heimkommst? Am Morgen noch zittert ihr die Hand, als sie mit spitzer Feder böse Worte aufs Papier bringt: »Bleib doch, wo du bist! Amüsier dich! Vergiß uns! Es wäre besser, ich und das Kind wären tot!«

Ja, der kleine Ernst hat oft eine zornige Mutter. Viel zorniger, als Max sie hatte, den sie mit sanfter Stimme zu Tode sang. Mit harter Hand zieht sie ihn hinter sich her, wenn er nicht folgen will, so daß er kaum Schritt halten kann auf seinen krummen kleinen Beinchen. Wie oft müssen seine Mundwinkel zittern, bevor er anfängt zu weinen! Was ist denn schon wieder? schreit Elise dann und schließt ihn viel zu spät in ihre Arme, nachdem sie einen Blick auf sein verzweifeltes Gesichtchen geworfen hat. Wo ist deine Sanftmut, Elise, deine unendliche Güte?

Noch einmal stellt Hebbel dein Bild vor dich hin. Erkennst du dich wieder?

»Fühle und erkenne Dich selbst! Du hast keinen einzigen Zug von denen, die Du Dir in der Verzweiflung selbst andichtest. Du hast mehr Geist als die meisten Deiner Mitschwestern, und ein Herz, wie nie ein edleres geschlagen hat. Du bist eins der herrlichsten Weiber, die je über die Erde geschritten sind, und es ist mein höchster Schmerz, Dich nicht so lieben zu können, wie Du es verdienst ...«

»Höflichkeitsfloskeln«, sagt Elise verächtlich und schiebt den Brief mit der linken Hand von sich weg. Nein, er kennt sie nicht mehr. Etwas hat ihr Gesicht entstellt. Etwas lenkt ihre Gedanken wieder und wieder auf einen Punkt mit der Gewalt, die die Leidenschaften haben.

Es ist die Eifersucht.

Aus seinen Briefen nimmt sie ihre Nahrung. Elises Augen fliegen seitenlang darüberhin, bis sie gefunden haben, was sie suchen: Die Schöne im römischen Karneval oder das Mädchen in Neapel, das neben ihm wohnt und das er nicht sehen kann, ohne sich glücklich zu fühlen. »Gerade in diesem Augenblick steht sie unter ihren Blumen auf dem Balkon; quanto e bella, quanto e carina!« Verhaßtes Italienisch! Schön, fremd und geheimnisvoll. In einer anderen Welt lebt er mit anderen Frauen, die möglicherweise ganz anders sind, und spricht eine andere Sprache. Was bella heißt, kann sie sich denken, aber was heißt carina? Sei froh, daß du's nicht weißt, Elise. Sie will alles wissen. Das ist es, was ihr die Qual bereitet: das Ungewisse. Der Umriß eines Bildes: der Balkon, die Blumen – aber: Wie sieht sie aus? Was geschieht? Spricht er mit ihr? Umarmt er sie? Schläft er mit ihr?

Mein Gott, er hätte barmherzig sein können! Das Mädchen, ihre Schönheit, die Nachbarschaft –, das ist zu viel, um ruhig zu bleiben, zu wenig, um genau Bescheid zu wissen. Wie alle Eifersüchtigen glaubt Elise, daß die Gewißheit ihr Erleichterung verschaffen würde. Verhängnisvoller Irrtum! Es gibt keine Gewißheit. Nichts auf der Welt kann uns von dem Verdacht erlösen, daß der, den wir lieben, noch ganz andere Genüsse kennt, von denen wir nichts wissen und die wir niemals teilen werden. Zu wissen, wer sie teilt, das erst ist unerträglich. Elise hat noch längst nicht alle Schmerzen gelitten.

Sie hat verloren. Sie weiß es, er schreibt es, aber sie gibt noch nicht auf.

Er liebt sie wie ein Bruder seine Schwester und ihr Kind – *ihr* Kind – wie ein Vater seinen Sohn (am 29. 7. 1845 aus Neapel). Da hat sie es schwarz auf weiß. Aber sie gibt noch nicht auf. Wenn sie seine Liebe nicht haben kann, will sie seinen Namen haben. Er muß sie heiraten. Das ist ihr Recht. Wenn sie ihn auch verloren hat, sie will ihn wiederhaben. Er muß nach Hamburg zurückkommen. Das ist ihr Recht.

Wie schön bist du gewesen, Elise, in deiner lächelnden Selbstvergeudung! Wie stand dir das so gut, zu geben und nichts zu nehmen! »Wenn du nur glücklich bist, dann will ich nichts für mich ...« Wie kam dir das so sanft und freundlich von den Lippen! Jetzt, wo du aufs Mahnen und Feilschen verfallen bist, zeichnen sich die Falten ab auf deiner Stirn, dein Hals reckt sich unschön und vogelartig empor, und deine Lippen bilden zwei dünne Striche! Du hast dein Kapital vergeudet, Elise. Was willst du einklagen jetzt? Keine Sicherheit in den Händen. Alles dahingegeben in den Zeiten der Liebe und des Lächelns, das dir so gut zu Gesicht stand. Jetzt rächen sich die alten Fehler. Zuerst verlangt man den Preis!

Ach, deine Freundlichkeit, die Anmut, mit der du dich verschenkt hast, das war dein Teil! Damit hast du gewonnen. Aber ein solches Spiel hat seine Zeit, Elise. Und jetzt ist es aus. Hat er nicht immer gesagt, daß es deine Güte ist, die edle Selbstlosigkeit, die er liebt? Jetzt bist du nicht mehr gut und nicht mehr selbstlos. Wofür soll er dich lieben? Und heiraten ohne Liebe, das ist so unvernünftig wie heiraten ohne Geld. Er hat es dir oft genug erklärt.

Du hast recht: Wenn er jetzt deine Vorzüge rühmt, das sind hohle Worte. Er hat leicht freundlich sein. Ihn kostet es nichts. Aber dich hat die Freundlichkeit um alles gebracht. Jetzt bist du am Ende.

»Schüttle alles ab, was dich in deiner Entwicklung hemmt, und wenn's auch ein Mensch wäre, der dich liebt, denn was dich vernichtet, kann keinen anderen fördern.«

Wie wahr, wie richtig, Friedrich Hebbel, jedem Genie das ins Stammbuch!

Nein, was dich vernichtet, kann Elise nicht fördern. Aber was dich fördert, kann sie vernichten. So geht es schließlich also ums Überleben: du oder sie. Du hattest manchen Vorteil auf deiner Seite. Zum Beispiel die Entfernung von Hamburg. Weigere dich einfach, sie zu verringern, und die Partie ist für dich! Auch deine Armut. Sie nützt weder dir noch ihr, aber sie kann dir zu deiner Verteidigung dienen. Und wenn das alles nicht ausreicht – du hast deine dichterische Berufung! »Der Dichter muß eine behagliche Existenz haben, ehe er arbeiten kann. Andere arbeiten, um eine solche Existenz zu erlangen.« Das ist so unwiderlegbar, daß man ruhig noch etwas hinzufügen kann, zum Beispiel: »Ohnehin sind meine Bedürfnisse gestiegen, ich kann manches nicht mehr so leicht entbehren, wie wohl früher.«

Egoismus? Das ist nicht die Frage. Die Frage ist für ihn: Wer bin *ich* denn? Der schäbige Bittsteller im abgewetzten Rock, der ewige Verlierer? Oder das aufstrebende junge Genie, der Dichter, der die Nation aufhorchen läßt? Statt »heiraten oder nicht heiraten« – »to be or not to be«.

Elise hat das immer wieder verkannt.

Wir werden schon durchkommen! ruft sie ihm zu. Ihr geht es um die Wohlanständigkeit und ums Familienleben. Ihm aber geht es um den Ruhm und die Unsterblichkeit. »Wenn Du mir zuweilen von ›Durchkommen‹ schreibst, überschleicht mich ein unsäglich peinliches Gefühl. Nein, damit bin ich jetzt nicht mehr zufrieden. Lieber den Tod ...« Was ihr das Glück bedeutet, ein Leben in Hamburg zu dritt, das ist für ihn das Ende aller Hoffnungen. »In Wahrheit bin ich ein großer Dichter, und die Welt soll es sehen«, sagt er, und sie: »In Wahrheit bin ich Deine Frau, und die Welt soll es sehen.«

Sie ist die Frau des Bettelstudenten gewesen, die Geliebte des Einsamen, der von der Welt verkannt war. Die Frau des großen Dichters kann sie nicht sein. Es wird Zeit, daß Elise das einsieht. Sie hat ihn lange nicht mehr gesehen, bald wird es zwei Jahre her sein, daß sie ihn das letzte Mal zum Hafen begleitet hat. Erinnert sie sich nicht mehr an die gefährliche Mischung, die sich ergibt, wenn Überdruß und gesteigertes Selbstwertgefühl in seiner Seele zusammenkommen? Ein kleines genügt, um den Überdruß hervorzurufen, und ein kleines, sein Selbstwertgefühl zu steigern. Jetzt aber sind wichtige Dinge geschehen. Christian VIII. von Dänemark hat sein Gesuch um Verlängerung seines Reisestipendiums abgelehnt und ihm nichts weiter als die Kosten für die Heimreise bewilligt. Ein Almosen also statt einer ehrenvollen Würdigung seiner Leistungen. Nach Wochen erst hat er sich so weit gefaßt, daß er den beigefügten Wechsel einlöst. Hat er nicht Grund genug, sein Schicksal zu verfluchen? Diesmal sucht er die Schuld bei Elise.

»In Copenhagen hatte ich von dem Augenblick an, wo man dort über meine Lebenssituation ins Klare kam, nichts mehr zu erwarten.« Das heißt im Klartext: Wo man wußte, daß du zwei Kinder von mir hast ... Elise hatte sich eingemischt mit Bittbriefen an irgendwelche Minister, die sie als seine Braut unterzeichnete. Und in Kopenhagen – wer erinnert sich nicht? – genießt Elise Lensing nicht den besten Ruf. Da ist sie die »Abgesetzte«, die ungeheiratete ehemalige Freundin eines Mitbürgers, der Geld und seinerseits nicht den besten Ruf hat. »Bei Deiner Vergangenheit«, heißt es also, wenn Hebbel so etwas schreibt, »kannst Du mir und meiner Sache nur schaden.« Ja, Elise, das sind die Spätfolgen früher Sünden!

Diesmal aber überläßt er sich nicht dem Überdruß, den ein Mißerfolg sonst verursacht – er schreibt Gedichte. Hundert Sonette und Epigramme fließen ihm aus der Feder. Da hat er ihn wieder einmal schwarz auf weiß, den Beweis: Man hat ihn verkannt. Er *ist* der Dichter. Da schwinden die Zahnschmerzen, die ihn wochenlang plagten, und eine hartnäckige Geschwulst in der Leistengegend, die schmerzhaft und beängstigend war, löst sich einfach auf. Sogar für Elise findet er gute Worte: »Wie wäre es denn möglich, daß ein Band, wie es zwischen uns besteht, zerrissen werden könnte!«

Vom Maler Gurlitt leiht er sich Geld und reist nach Neapel. Diesmal trotzt er den äußeren Mißlichkeiten und lebt nach dem inneren Gesetz: Er dichtet, also ist er ein Dichter. Dann schlägt auch das Wetter noch um. Es hatte geregnet, und nun breitet der Himmel den sonnenbeschienenen Golf von Neapel vor seinen Blick. Da genügt eine Kleinigkeit, ihn an die Zukunft glauben zu lassen! Ein Herr spricht ihn deutsch auf der Straße an:

»Sind Sie nicht Herr Dr. H.?« Er sei Komponist und habe keinen sehnlicheren Wunsch, als etwas von Hebbel in Musik umzusetzen. Er ist sogar schüchtern und unsicher ihm gegenüber. Welch angenehmer Rollentausch! »Die Intraden des Ruhms fangen an, bei mir einzulaufen ...« Warum ein Blatt vor den Mund nehmen gegenüber Elise? Jetzt kann ihn nichts mehr halten. »Ich hoffe viel von meiner späteren Zukunft, vorausgesetzt, daß ich nicht einen Schritt tue, der entschieden das Glück verscheucht!« Da ist von dir die Rede, Elise. Nein, im Glück wie im Unglück hat er sich nie so weit vergessen, dir auch nur die geringste Hoffnung zu lassen.

In Rom dieser Überdruß und jetzt in Neapel die Euphorie – da hat Elise in Hamburg schlaflose Nächte. Mit Recht, Elise, mit Recht fürchtest du seine Höhenflüge so sehr wie seine tiefen Stürze. Von oben ruft er dir zu: Nie wirst du mir folgen! Und von unten: Warum hilfst du mir nicht? Du konntest ihm nicht mehr helfen. Um es ganz klar zu sagen: seit du alt wurdest und kein Geld mehr hattest. Und folgen durftest du ihm nicht. Er hatte genug damit zu tun, für sich selber einen Weg aus dem Elend zu finden. Es war der größte Fehler, den du begehen konntest, dich an ihn hängen zu wollen, als er zu seinem letzten, endgültigen Höhenflug ansetzte. Denn das tat er zu diesem Zeitpunkt, Elise. Das konntest du in Hamburg nicht wissen. Noch lächelst du verächtlich, wenn du das liest vom Ruhm und der Zukunft. Aber bald wird er in einen Aufwind geraten, der ihn weit, weit von dir forttragen wird.

Am 4. November 1845 kommt Hebbel nach Wien. Er ist auf der Heimreise. Die Wanderjahre sind zu Ende, das heißt, die Mittel sind erschöpft, die sie ermöglichten. Die Zukunft ist so ungewiß wie nie. Nach Hamburg will er nicht. Aber wo soll er hin? Fast ist es so, wie es vor sechs Jahren war, als er aus München aufbrach und ihn ein eiskalter Wind ganz von selbst von Süden nach Norden und Elise in die Arme trieb. Zwar konnte sie ihm damals bieten, was sie ihm jetzt nicht mehr bieten kann: ein Unterkommen, ein Auskommen, ein »Asyl«. Auch ihre Mittel sind ja inzwischen erschöpft. Dafür hat sie jetzt ihr Unterpfand, und er hat seine Verpflichtungen. Die Richtung seiner Schritte scheint wieder unausweichlich vorgezeichnet zu sein.

Es sind dies Elises Gedanken, wie sie ihr so oder ähnlich in dieser Zeit durch den Kopf gehen. Mit finsterer Ruhe kann sie die Stellen in seinen Briefen lesen, in denen davon die Rede ist, wie bald er sie wieder verlassen will. Wohin will er gehen? Es müßte schon ein Wunder geschehen, wenn ihn nicht alle Wege wieder zu ihr führen sollten.

Das Wunder geschieht.

In Wien hat er nur kurze Zeit bleiben wollen. Abgerissen und italienmüde, bedrängt wie nie von der Frage nach seiner eigenen Wichtigkeit, der ewige Außenseiter, der doch gern dabeigewesen wäre, wo man das Fest des Geistes und der Anspruchsvollen feiert – aber wie immer: Der Rock ist schäbig und abgetragen, und die Eintrittskarte fehlt. So betritt er die Stadt und siehe: Man hat nach ihm gefragt!

Eben steht er im Begriff abzureisen, enttäuscht und ungesättigt wie stets, da treten zwei Kunstmäzene auf den Plan, galizische Barone, so reich, daß sie sich's leisten können, und so literaturbeflissen, daß sie sich's leisten wollen, Friedrich Hebbel zu fördern. Sie verehren ihn, auswendig rezitieren sie aus seinen Werken, sie laden ihn zu sich ein und bringen auf den Knien vor ihm liegend Toaste auf ihn aus.

Wilhelm und Julius Zerboni di Sposetti – das ist der

Fanfarenstoß, der die Wende in Hebbels Leben einleitet. Die Zweizahl unterstreicht die Bühnenwirksamkeit ihres Auftritts: Engel, die an der Pforte des Paradieses stehen. Mysterienspiel oder Burleske? Am Anfang steht die Neueinkleidung des Novizen. Achtlos wird der zerschlissene Rock zu den Requisiten der Vergangenheit gelegt. Eines Morgens wacht er als Gast der Barone unter damastenen Bettdecken auf. Er erhebt sich, noch schwer von Fasanen, Rebhühnern und Champagner, da fällt sein Blick auf die Kleider, die eben ein Diener für ihn hereinträgt: modisch, teuer und nagelneu. Vor wenigen Tagen noch hat er an Elise geschrieben: »Kleider zu kaufen, kann ich mich nicht entschließen, obgleich sie mir notwendig sind wie das liebe Brot . . ., im Sarg liegen wir alle nackt.« Nun ist Schluß mit der Schäbigkeit und den dürftigen Vergleichen. Von jetzt an schöpft er aus dem Übermaß und zwar ohne zu zögern.

Am selben Vormittag noch nimmt er das Manuskript des ›Diamant‹ unter den Arm, und so, als Lustspieldichter verkleidet, geht er zu Deinhardstein, der ihn beim ersten Besuch mit Höflichkeitsfloskeln abgespeist hatte: 362 Tage danke er Gott, daß er nicht mehr Theaterdirektor sei, aber drei Tage wünsche er es zu sein, um ›Judith‹, ›Genoveva‹ und ›Maria Magdalene‹ aufführen zu lassen. Und dann hat er ihm zu verstehen gegeben, daß es besser sei, wenn er bald wieder abreise. Jetzt sieht er ihn mit Erstaunen: »Er freute sich sehr, mich zu sehen . . . Ich sagte ihm, ich sei entschlossen, noch denselben Tag abzureisen, wenn nicht die höchste Wahrscheinlichkeit dafür spreche, daß man etwas von mir aufführen werde.«

Und was antwortet Deinhardstein dem eleganten jungen Mann, der da vor ihm steht? Sie spricht dafür! Nur sei noch zu entscheiden, ob mit dem ›Diamant‹ oder mit ›Maria Magdalene‹ zu beginnen sei. Ja, das Blatt hat sich gewendet.

»Du begreifst«, schreibt er an Elise, »daß unter diesen Umständen meine Abreise eine Torheit wäre.«

Elise begreift.

Er wollte nicht zu ihr, weil es ihm schlecht ging. Jetzt will er nicht zu ihr, weil es ihm gut geht.

Elise begreift. Aber sie weiß noch nicht alles.

Sein Mißerfolg ist auch ihr Mißerfolg gewesen. Sein Erfolg wird nun erst recht ihr Mißerfolg sein. Noch beruft sie sich auf das Kind und auf die Selbstverständlichkeit der Verpflichtungen, aber das Ausmaß ihrer Niederlage ist längst offenbar. Elise hat schlechte Träume in dieser Zeit, die, einmal geträumt, über mehrere Tage die unangenehmsten Empfindungen in ihr wachhalten. Immer trifft sie auf ihn in Kirchen. Überraschend erscheint unter der Menge der Gottsucher plötzlich sein Gesicht. Die strömen von allen Seiten. Immer undurchdringlicher wird die Masse der Menschen, die sie trennt von ihm und sie abtreibt. Aber sie kämpft, sie bekommt ihn zu fassen. Da dreht er sich ärgerlich nach ihr um. Er ist es, aber er kennt sie nicht mehr. Die Gleichgültigkeit in seinem Blick ist vollkommen. Sie fleht ihn an, sie erniedrigt sich, aber er bleibt ein Fremder. Nichts ist so offenbar wie ihre Erniedrigung und wie seine Gleichgültigkeit. Ein ganz und gar widerwärtiger Nachgeschmack bleibt ihr von solchen Träumen.

Das ist die einzige Form, in der sie sein Gesicht noch hat, diese entseelte Maske, die hin und wieder durch ihr Unterbewußtsein geistert. Sonst kann sie sich nicht mehr erinnern. Kein Bild, kein Foto, kein Schattenriß kann ihrem Gedächtnis helfen. Was bleibt von der Liebe, wenn die Erinnerung so ganz verblaßt ist?

Am Anfang war das ihre Angst gewesen, sein Gesicht zu verlieren. In täglichen Exerzitien hatte sie sich darin geübt, seine Züge vor ihren inneren Blick zu rufen. Verschiedene Methoden hat sie dafür entwikkelt. In einer dieser heimlichen Filmszenen steht er vorm Fenster, mit dem Rücken zu ihr, und dreht sich dann langsam um. »Elise«, er sagt ihren Namen dabei, das ist das Stichwort, das Zauberwort, das der toten Marionette ihres Bewußtseins ein Gesicht verleiht, sein Gesicht. Es muß alles zusammentreffen, die langsame Drehung, der Name, ein Tonfall, den ihr Gedächtnis bewahrt hat –, da ist er. Ernst und fragend sieht er sie an, und es gelingt ihr, einen Schritt auf ihn zuzugehen, dann ist es schon wieder vorbei, und wie Orpheus kehrt sie allein aus dem Bergwerk der Seelen zurück.

Es ist eine schwierige Übung. Der unbedeutendste Fehler, ein geringer Mangel an Konzentration macht alles zunichte. Dann muß sie es wieder und wieder versuchen. Oder sie wählt einen anderen Weg. Sie setzt sein Gesicht aus Segmenten zusammen: Haaransatz, Augenbrauen ... Wenn sie die unregelmäßige Reihe seiner oberen Vorderzähne hat, folgt alles andere von selber: Sie hat ihn zum Lächeln gebracht. Der Weg ist sicherer, gewährt aber auch nur geringere Seligkeiten. Das eigentliche Fest ihrer Liebe fand auf Jahre hin vor dem Traumfenster statt.

Elise, früher liebtet ihr euch in realen Betten, und deine Zärtlichkeiten waren noch nicht auf Mnemotechnik beschränkt. Aber war nicht auch damals schon vieles Traum und vieles Erinnerung? Wann ist er der gewesen, der in dem Tonfall, nach dem du dich immer gesehnt hast, deinen Namen gesprochen hat? »Ach, Elise!« Lieben ist ein einsames Geschäft.

Jetzt aber entfernt die Wirklichkeit sich von Elises Wunschbildern mit einer Geschwindigkeit, die nicht mehr aufzuhalten ist. Immer unähnlicher wird sie den Träumen des Tages und immer ähnlicher den Alpträumen der Nacht.

Er schildert ihr alles, spart keine Einzelheit aus, die

ganze triviale Geschichte vom Märchenprinzen, der einst ein häßlicher Frosch war.

Er schließt:

»Ich hoffe, diese Mitteilungen werden Dir willkommener sein, als wenn ich selbst, an Leib und Seele zerschlagen, angelangt wäre; das mußt Du doch fühlen, daß die Verhältnisse von ehemals jetzt unmöglich sind und daß mein Leben entweder einen höheren Schwung oder – ein Ende nehmen muß. So steht die Sache, täusche Dich nicht.«

Wie kann sich Elise noch täuschen? Es ist ein Märchen, »halb ungereimt, halb tiefsinnig, aber im Ganzen angenehm«. Ja, angenehm ist die Verwandlung vom Frosch in den Prinzen, angenehm ist die Verwandlung vom Aschenputtel zur Königstochter. In welchem Märchen geschieht aber beides? Entweder ist der Prinz schon ein Prinz und erhebt das Aschenputtel an seine Seite. Oder die Königstochter ist immer schon Königstochter gewesen und wirft den Frosch an die Wand. Aber ein Frosch und ein Aschenputtel – wer wollte da wen erlösen?

Das war der Anfang ihrer Beziehung gewesen: das gemeinsame Wissen um die verzauberte Gestalt, in der sie beide einhergingen. Aber erlösen konnten sie sich nicht. Wie lange hat Elise ihren Prinzen in ihm gesehen! Sie tut es noch jetzt, wider alle Vernunft. Wie lange hat er versucht, ihr klarzumachen, daß er es nicht ist und nicht sein will! Bald wird er die Prinzessin gefunden haben, die ihn kurzerhand an die Wand wirft. Er spürt die nahende Erlösung in allen Gliedern. Schon öffnen sich ihm sonst verschlossene Räume: Opernhäuser, Salons, Theaterlogen, alles steht ihm offen. Zwar hüstelt er noch ein bißchen, Folge durchlittener Entbehrungen, aber welches Genie leidet nicht an der Schwindsucht?

Tief atmet er die milde Luft, an der er gesund werden

kann. Die Buchhändler beschaffen sich seine Werke, Schauspielerinnen beginnen sich heimlich in die Rolle der Judith oder der Klara einzulesen und bemühen sich, seine Bekanntschaft zu machen.

In den Tagen seiner Schäbigkeit hatte er der Burgschauspielerin Christine Enghaus seine Aufwartung gemacht. Sie war Ende Zwanzig, stammte aus Norddeutschland und hatte in Bremen und Hamburg auf der Bühne gestanden, bevor sie nach Wien engagiert worden war. Hebbel hatte sie schon in Hamburg gesehen. Das bot Anknüpfungspunkte. Aber, gewöhnt an Resignation, hatte er sich im Hinblick auf die nahe Abreise bald empfohlen.

Jetzt, im neuen Gewand, versucht er es wieder. Und da ist es, das Wunder. Er spricht zu ihr, und sie versteht ihn – ganz wie Elise. Sie schweigt und hört ihm zu, wie Elise. Er ist der Dichter in ihren Augen, er kann es sehen – wie bei Elise. Niemand hat ihn je so uneingeschränkt verstanden, außer Elise. Aber sie ist nicht Elise. Sie ist jung, sie ist elegant, sie ist schön und »sie ist lebenslänglich mit 5000 Gulden am Hoftheater engagiert«.

Ihre Wohnung hat einen Hauch von Luxus, Damastvorhänge, kostbare Teetassen, Silberleuchter, deren Licht sich in glänzendem Mahagony spiegelt. Ach, Elise, deine Wohnküche, das Zimmerchen dahinter, das du schon für ihn eingerichtet hast! »Auf Deinem Sopha ruhte sich's ganz bequem, aber . . .« Noch vor ein paar Tagen, am 18. Dezember, hatte er das geschrieben. Jetzt blickt er auf ein volles rundes Dekolleté, das sie ihm hohheitsvoll entgegenhält wie die Königinnen, die sie auf der Bühne spielt. Ja, ihre Schönheit ist von der majestätischen Art, weißhäutig, üppig, und sie entspricht auf atemberaubende Weise dem Ideal ihrer Zeit. Ach, Elise, dein Nacken war's, deine zarte Gestalt, gebeugt und schmächtig, hier ist es ihr wogender

Busen! Er ist der Dichter, sie ist das leere Gefäß, das von ihm gefüllt werden will. Sie ist die Schauspielerin, die Gestalt der Gestalten. Judith, Klara, Genoveva, auch die zukünftigen treten ihm hier entgegen. Willkommen Kriemhild! Willkommen Mariamne! Schon liegt ihr Kopf an seiner Brust. Schon spürt er zwischen den Fingern ihre Haare und schließt im richtigen Moment die Augen. Beim vierten seiner Besuche, die noch die Form von Aufwartungen haben – das Mädchen öffnet die Tür und führt ihn in den Salon, wo sie ihm aus dem angrenzenden Zimmer entgegentritt –, sind sie verlobt.

Ja, es ist ein Drama. Der Vorhang hat sich geöffnet über einem neuen Akt, ein anderes Bühnenbild, neue Kostüme, und endlich, endlich sehen wir Herz an Herz sinken, die Jugend mit der Jugend, die Schönheit mit dem Schönen sich paaren, und hier, hier sind wir zu Hause! Dafür haben wir unsere Anteilnahme aufgespart! Der Vorhang fällt, und wir klatschen.

Am Ende des Jahres kann er ins Tagebuch schreiben: »Ich bin verheiratet, und nicht mit Elise Lensing in Hamburg; damit ist alles gesagt.«

Was war alles damit gesagt!

Ja, es ist eine Tragödie. Das Individuum ist angetreten gegen das allgemeine Gesetz. Das allgemeine Gesetz ist die Welt, und die strebt danach, das Individuum zu vernichten. »Du mußt die Frau heiraten, die dir zwei Kinder geboren hat«, so lautet das Gesetz, und die Welt ruft es ihm zu. »Aber sie ist zu alt für mich«, sagt das Individuum, und »die Weiber haben den Zweck jung zu sein«, schreibt er in sein Tagebuch. »Sie hat alles für dich geopfert«, empört sich die Welt. »Aber ich brauche viel mehr! Sie kann mir ja nichts mehr bieten!« ruft das Individuum zurück, stampft mit dem Fuß auf und führt Christine Enghaus zum Altar.

Das ist die Schuld, die Kehrseite der Selbstverwirklichung. Sie ist so notwendig wie diese selber. »Wer einer ist wie ich ...« – so fangen alle Reden an, die das Genie an die Welt hält. Aber es hört keiner zu. Wehe, wenn einer zuhört! Elise hat zugehört. Das kam sie teuer zu stehen. Ihr also wird er beweisen, wer er eigentlich ist. Ihr hat er es bewiesen von Anfang an.

»Wer einer ist wie ich«, schrieb er schon 1839, »der hat eigene Lebensbedingungen, er kann nun einmal nicht eine Schema-Existenz führen ...« Und er zeugt ein Kind mit ihr und verliebt sich in Emma Schröder. Er zeugt ein zweites Kind und kehrt nicht mehr zurück.

Es ist nicht irgendeine Schuld, die er da auf sich lädt, es ist die dramatische, die »aus der starren eigenmächtigen Ausdehnung des Ichs hervorgeht« (»Mein Wort über das Drama«). Es dehnt sich aus bis nach Paris und Rom. Es dehnt sich weiter aus, und wenn es Elise von dem Platz verdrängt, den sie gern eingenommen hätte, dann sagt es einfach: Du mußt das verstehen, ich bin ein Dichter! »Gott hat das so eingerichtet«, fügt er hinzu, wenn Elise immer noch nicht begreifen will, und schreibt ihr aus Neapel:

»Es mag sein, daß der Mensch sündigt, sobald er mehr verlangt, aber mit dem Dichter sind diese Sünden geboren, und was sollte ein Tragödienschreiber denn anderes sein, als ein Tragödien-Held?«

Da ist es heraus.

Die Tragödie ist ins Leben getreten, das Leben ist die Tragödie. Ihr Ursprung ist die Amtsstube des Kirchspielvogts von Wesselburen. Da hat Friedrich Hebbel gesessen, zwanzigjährig, und während er mit akkurater Handschrift amtliche Nichtigkeiten einträgt in ein dikkes Buch, da dehnt sein Ich sich aus, es sprengt den engen Rahmen, und er geht nach Hamburg. Aber auch hier wird es ihm bald zu eng. Heidelberg? München? Er hat ein Ziel: die Ausdehnung des Lebens auf die

Bühne. Alle sollen ihn hören. Alle sollen ihn kennen. Wie oft verliert er den Boden unter den Füßen! Dann hat er Elise. Sie ist sein Genie-Beweis. Je leerer, unglücklicher, ausgebrannter er sie am Wege zurückläßt, desto sicherer muß er es sein.

»Wer einer ist wie ich, der wird freilich oft zum Menschenfresser.« Wer braucht noch einen Beweis? Schaut Elise an! Sitzengelassen, gealtert, verarmt. Er ist über sie hinweggefegt. Er hat sie gefressen und verdaut. Sie zeugt von seiner Größe.

Das ist die Kehrseite der Selbstverwirklichung, die Schuld, die »mit dem Leben selbst gesetzt« ist. Es ist die dramatische, nicht die moralische Schuld, denn es ist völlig gleichgültig, »ob der Held an einer vortrefflichen oder einer verwerflichen Bestrebung scheitert«.

Ja, ist der Held denn gescheitert? Schreitet er selbstgewiß über sein Opfer hinweg, um desto sicherer seinem eigenen Untergang entgegenzugehen? Aber nein! Er heiratet. Lächelnd reicht eine Göttin ex machina ihm die Hand.

Er ist gerettet!

Es ist eine Tragödie. Aber es ist eine Tragödie mit gutem Ausgang. Unter dem Beifall der Zuschauer wird der Held in ein hellblau schimmerndes Boudoir geführt, wo unter damastenen Decken (schon wieder) das Hochzeitsbett für ihn bereitet ist. Musik klingt auf. Heitere Operette. Gott Amor schwebt, dezent angestrahlt, im Hintergrund der Szene. Ungläubig staunend nimmt der Held alle diese Herrlichkeiten in Besitz.

Auf deinem Sofa ruhte sich's ja ganz bequem, Elise ... Vorhang.

Aber es ist noch gar nicht der letzte Akt!

Noch kämpft Elise. Ihr Kampf ist vergeblich, aber sie gibt sich noch nicht geschlagen. Sie kämpft wie ein

Kind mit dem Holzschwert, während ihr Gegner ernsthaft gerüstet ist und ihre lächerlichen Schläge abwehrt mit der linken Hand. Sie kämpft mit dem geschriebenen Wort. Das ist die einzige Waffe, die ihr seit langem erlaubt ist, und wie hoffnungslos unterlegen ist sie auf diesem Gebiet. Deine schlechte Syntax, deine falsche Orthographie, Elise. Ach, und die kurze Sackgasse deiner Gedanken: Die Enghaus hat einen schlechten Ruf. Sie hat einen unehelichen Sohn. Aber Elise! Wie aussichtslos ist doch der Kampf, wenn man von keiner Seite gedeckt ist! Ja, Fairness und Großmut ist die Sache derjenigen, die im Vorteil sind, und Kleinlichkeit ist die Sache der Kleinen.

Aber Elise ist doch großmütig gewesen! Er hat sie daran erinnert:

»Sie hatte mir immer gesagt und geschrieben, daß ich frei sei, daß sie keinen Anspruch auf mich mache, sondern unbedingt zurücktreten werde, sobald sie meinem Glück im Wege stehe; ich hatte hierin stets einen Beweis hoher Sittlichkeit erblickt und oft davon gegen meine Freunde ... gesprochen, ich war also auf ein ganz anderes Benehmen gefaßt gewesen ...«

Im Tagebuch-Jahresbericht von 1846 ist das zu lesen. Es ist nur unvollständig bezeugt, das Zerwürfnis, das doch ein schriftliches war. Ein wohlmeinender Freund, Felix Bamberg, hat alle Briefe, die sich darauf bezogen, vernichtet. Auch die von Hebbel, gerade die. Sie sind der Zensur zum Opfer gefallen. Es galt, den guten Ruf des Dichters zu wahren. Darum mußten sie verschwinden, diese wichtigen Akten zum »zwischen den Geschlechtern anhängigen Prozeß«. Aber einiges hat der Zensor doch übersehen. Und was Elise schrieb in dieser Zeit –, es war ja das Naheliegendste, das Angreifbarste. Fast hätte man es sich denken können.

»Sophistereien« hat er sie später genannt, ihre Versuche, »den ungeheuren Abstand zwischen ihren Resignationsversicherungen und ihrem Betragen zu verkleistern«. Ja, wenn ich wüßte, daß Du glücklich wirst, hat sie ihm geschrieben, dann wollte ich Dir nicht im Wege stehen. Aber niemals wirst Du glücklich werden mit *dieser Frau.*

Es ist das alte Lied. Wie viele Männer haben es nicht schon gehört: Jede andere Frau kannst du haben. Nur diese eine nicht. Und es ist immer die, die gerade geliebt wird!

Sie ist skrupellos, sie ist raffiniert, sie ist Schauspielerin. Vor ihr kann nur gewarnt werden. »Er entwürdigt das tiefste, heiligste Gefühl in mir, und wirft mein Herz mit Hohn und Spott zu Füßen einer Schauspielerin«, soll Elise gesagt haben.

Arme Elise! Sie ist hier die Schauspielerin. Gefühl ist nicht gefragt. Jetzt heißt es, sich in die Rolle fügen. Aus ist der Traum vom sonntäglich-wohlanständigen Familienleben, vom Provinzblattredakteur, der seine Gattin am Arm über die Straßen Hamburgs führt: Madame Doktor Hebbel. Jetzt heißt es, die ledige Kindesmutter zu spielen, die Brocken zu fressen, die vom Tisch der Glücklicheren fallen. Hat sie nicht ein Kind von dem berühmten Dichter, der mit der Wiener Burg-Schauspielerin verheiratet ist? Ach ja, das ist Elise Lensing, ein nicht unbeschriebenes Blatt.

Es ist eine scheußliche Niederlage. Scheußlich, weil sie endgültig ist und vor den Augen aller geschieht. Madame Hebbel ist nicht Madame Hebbel, das heißt, sie ist es nie gewesen, das heißt, sie war es, ohne es zu sein, sie gibt wieder Stoff zum Reden. Aber Elise war schon lange nicht mehr die, über deren Unglück man sich freuen konnte. Wenn die Glücklichen fallen, das regt auf und befriedigt. Elises Fall nach so vielen Fällen konnte nur Mitleid erwecken. Wenn man sich jetzt in Hamburg empörte, dann über Hebbel.

Amalie Schoppe zum Beispiel hat längst die Fronten gewechselt. Einst hatte sie Hebbel vor Fräulein Lensing gewarnt. Jetzt findet sie: »Sein Geist ist groß; aber sein Charakter so elend als möglich.«

Es ist die Sympathie, die den ewig Sitzengelassenen entgegenschlägt. Auf sie trifft Elise jetzt überall. Daran kann sie ihr Unglück ermessen. Wenn etwas Bosheit dem Mitleid noch beigemengt ist, dann daß es jeder gewußt hat und daß es ihr jeder jetzt sagen muß. Das hat man doch kommen sehen, Elise! Das Unglück ist offenbar. Das Unglück ist unabwendbar. Es hat verschiedene Namen: Einsamkeit, Schande, Not. Aber es ist ein Unglück, in dem man wohnen kann. Es ist mitteilbar, vorzeigbar, man kann darüber sprechen. Sie hat ein schweres Schicksal, Elise. Darin ist man sich einig. Darin stimmt man mit ihr selbst überein. Sie ist zu gut, zu nachgiebig gewesen, nun trägt sie die Folgen.

Fast scheint es Elise, als habe sie nun ihren Platz. Sie ist in den Kreis des Einverständnisses zurückgekehrt. Sie hat gesehen, was dabei herauskommt. Alle haben es gesehen. Fast ist sie nun rehabilitiert.

Das war das Unglück, das mit Notwendigkeit eintrat, ihr auf den Leib geschrieben von Anfang an. Ihre zarte Figur, ihr langer Hals und ach, ihr biegsamer Nacken. Sie war zur Jungfer, zur Gouvernante bestimmt und wollte die Frau von jemandem sein. Es war der Lohn für die Hybris. Es war ein Unglück, das sein bestimmtes Maß hat. Es blieb ihr noch etwas: das Recht auf ihrer Seite, das Kind und das Mitleid.

Aber was dann geschah, geht über alles hinaus.

Elise ist also die tragische Heldin! Da hat er sich aufgebläht zehn Jahre lang, hat gegen die feindliche Welt gekämpft und hat Tragödien geschrieben, aber am Ende winkt ihm das triviale Glück, und Elise ist es, deren Untergang wir beiwohnen. Sie, die nichts anderes herbeigesehnt hat als eben das triviale Glück, das jetzt ihm zuteil wird, eine Ehe führen, eine Familie haben – sie soll jetzt zugrunde gehen.

Ach, es ist ein schlechtes Stück, das hier gespielt wird. Der eine hat den tragischen Charakter, ist maßlos in Wünschen und Werken, und er findet das Glück. Die andere hat den biegsamen Nacken, ist duldsam und bescheiden, und sie wird vom Unglück zerschmettert.

Wo bleibt die innere Notwendigkeit? Der Zufall ist am Werk, so unvorhersagbar wie undramatisch. Er schickt dem einen die Brüder Zerboni über den Weg und in ihrem Gefolge die glückhafte Wendung der Dinge. Der anderen reißt er das Kind aus dem Arm und richtet sie zugrunde für immer.

Es ist das dramatisch ganz und gar Überflüssige, das Unglück im Übermaß, das Elise jetzt trifft.

Das Kind, das zweite, das Maikätzchen ist gestorben.

Wir haben unser Herz nicht eigens verloren an dies dunkelhaarige Kerlchen, das drei Jahre lang auf dem Schoß seiner Mutter saß und gedieh. Wir fühlen uns nicht dazu in der Lage, noch einmal eins dieser kleinen Ebenbilder zu betrauern. Sie wachsen in dieser Geschichte auf und sinken ins Grab. Wir haben schließlich keine Gefühle im Überfluß, die wir an solch flüchtige kleine Gäste verschwenden könnten. Was dieses Maikind des Lebens und des Todes anbelangt, so wollen wir nicht vergessen, daß nicht einmal sein Vater es für der Mühe wert gehalten hatte, seine Existenz in Augenschein zu nehmen.

Allerdings griff er – wir kennen das an ihm – zur Feder. Ein Gedicht fließt daraus hervor, das die Schmerzen der Mutter besingt:

Der mit dem Lilienstengel
sonst tritt aus einem finstern Tor,
er ging, der Todesengel,
aus ihrem eignen Schoß hervor . . .

Sehr wahr, sehr tief. Aber ein anderes ist es, den Schoß zu besingen, ein anderes, der Schoß zu sein. Elise war's, und zu sein ist es schrecklich.

Am 12. Mai ist er gestorben, Elises letzter Sohn. Am 14. wäre er drei Jahre alt geworden. Nicht einmal diese schauderhafte Wiederholung bleibt ihr erspart.

Elise begräbt ihn. Elise packt ihre Koffer. Sie folgt einer Einladung. Sie fährt nach Wien.

In gewissen Situationen gibt es die Solidarität der Mütter. Wir wollen nicht zu geheimnisvoll tun, aber wer kennt nicht die unvernünftige Anteilnahme, mit der wir auf die Geburt ganz fremder Kinder reagieren, deren weiteres Schicksal uns völlig kalt lassen wird. Jede Niederkunft bringt eine Karawane von Mitschwestern auf die Beine, ausgerüstet mit Glückwünschen, Babywäsche und guten Ratschlägen. In den Zeiten ihres Schattendaseins, eingeschlossen in die vier Wände ihres Hauses, allein mit den strengen Geboten der Sauberkeit und des guten Leumunds, war dies das Fest der Frauen. Kein Mann war zugelassen zum Tanz der Schmerzen und der Freude, ein uralter, unschuldiger Hexensabbat. Wenn man sich wiedertraf, geschah es an Totenbetten. Da hockten sie in ewig schwarzen Gewändern und ließen ihre in allen Tonlagen des Wehs geübten Stimmen erschallen, während die Seele längst zum Fenster hinausgeflogen war und bei den Schwestern, den Krähen auf dem Felde, wohnte. Voller Schrecken blickt da der Mann um sich und gewahrt: nichts als die fremden schwarzen Vögel, die ihn anstarren mit seltsamen, unausdeutbaren Blicken. Diese

Trauer! Diese Schwatzhaftigkeit! Und er, der Bringer von Fortschritt, Klarheit und Ordnung, klatscht in die Hände, daß sie auseinanderstieben, jede an ihren Platz, jede für sich allein, an den Herd oder an den Waschzuber. Man wird sie zu gegebener Zeit wieder brauchen. (Wenn sie dem Scheiterhaufen entgehen oder dem Kindbettfieber.)

Christine Hebbel, die Glückliche, hat auch ein Kind verloren. Der kleine Ariel starb, ein Säugling von sechs Wochen. Das war im Februar. Als sie im Mai vom Tod des Kindes in Hamburg erfährt, da lernen wir sie kennen: Groß ist ihr Herz, und von Berufs wegen gewöhnt an große Gesten, lädt sie Elise ein, postwendend. Sie soll nach Wien kommen und Gast des Ehepaares Hebbel sein auf unbestimmte Zeit.

Elise kommt.

Ob es Hebbel wohl recht war? Unheimlich ist es ihm gewesen. Er soll Elise wiedersehen nach fast vier Jahren. Ein Kind von ihm hat sie geboren in diesen Jahren. Zwei Kinder von ihm sind ihr gestorben. Jetzt soll er sie wiedersehen.

Es ist ihm peinlich gewesen. Was spricht ein Mann mit seiner Witwe? Wie begegnet er ihr?

Am 28. Mai frühmorgens wird Elise mit dem Zug aus Berlin erwartet. Das Ehepaar Hebbel will sie am Bahnhof abholen. Der Zug hat Verspätung, und als er dann einläuft, kommt er ohne Elise. Sie hatte sich im Datum geirrt, als sie telegrafierte. Das sieht ihr ähnlich. Das ist ärgerlich. Vor allem für Hebbel, der Wichtigeres zu tun hat als an Bahnhöfen herumzustehen. Immerhin sind ihm 24 Stunden Aufschub gewährt.

Am nächsten Morgen meldet das Dienstmädchen die Ankunft seiner Cousine.

Schwarz, still und schmächtig steht Elise zwischen ihren Koffern. Christine umarmt sie. Sie läßt es geschehen. Dann ist Hebbel an der Reihe. Er versucht irgendeine Geste, murmelt ein paar Worte. Verdammt, wie begrüßt ein Mann seine Witwe? Die Szene geht vorüber wie alle peinlichen Szenen, doch sie hinterläßt ihre Spuren.

Einen Tag später schreibt Hebbel ins Tagebuch:

»Gestern morgen um 8 Uhr kam Elise! Gewiß ist sie edel und gut, nie habe ich das bezweifelt! Möge sie sich in unserem Hause wohl fühlen, möge sie sich die Lebensaufgabe nicht zu schwer gestellt haben!«

Welche Lebensaufgabe? Sie hat keine Aufgabe mehr. Das klingt, als wenn sie es selber so gewollt hätte. Nein, sie hatte sich das alles ganz anders vorgestellt.

Sechs Jahre später, in einem ihrer letzten Briefe, erwähnt sie ein einziges Mal, was hier vorgefallen ist. Es ist ihre eigene, Elises Stimme, ein Brief aus der Zeit, aus der ihre Briefe erhalten sind, Briefe von *ihrer* Hand, Worte aus *ihrem* Bewußtsein.

»Lieber Freund!« schreibt sie am 10. April 1853, ein Jahr vor ihrem Tod, aus Hamburg,

»... Das alles hätte *nie* vorkommen sollen – im ersten vollsten Schmerz reiste ich hier ab kaum wissend was ich that ... Ich war in jener Zeit nur von einem einzigen Gedanken, einem Gefühl mächtig beherrscht: vor meinen Ohren tönte das herzzerreißende Schreien des gequälten gemarterten Kindes – vor meinen Augen sah ich die von Schmerz und Krämpfen entstellten Züge; – meine Seele war mit ihm zusammengewachsen sie war zerrissen – sein sterbender Blick – der letzte süße Laut: ›Mama‹ – ach man muß Mutter zweier lieber Geschöpfe gewesen sein und sie beide verloren haben um das mit zu empfinden! – Dann war mein innigster Wunsch zu sterben hatte auch den Glauben daran – und doch wollt ich Euch noch einmal sehen – ich hatte Tine ja auch weh gethan – das wollt ich wieder gut machen. – Seit vielen Monaten hat ich so gut als keinen Schlaf gehabt, gegessen nur so viel um kaum die Kräft zum fortwährenden Nachtwachen aufrecht zu erhalten – und so kam ich nach Wien; Ganz als wäre *Nichts vorgefallen* empfingst Du mich – ich mußte statt mich auszusprechen, Alles verschließen – Es giebt viele Mütter die ihre Kinder verlieren – dann haben sie tröstend den Gatten zur Seite – fehlt auch der – nun wer so allgewaltig die Mutterliebe empfunden der wird auch eben so allgewaltig vom Schmerz beherrsch sein – Also möge die Sache abgetan sein ...« (Fehler und Hervorhebungen von Elise.)

Ja, was bliebe da noch zu sagen? Einen Tag später die abgeklärten Worte: »Gewiß ist sie edel und gut ...« Und nach sechs Jahren noch dies empörte Stammeln: »Ich mußte statt mich auszusprechen, Alles verschließen ...«

Die Sache war abgetan.

»Sei etwas! Wolle etwas! Sei mein Feind, wolle mich ermorden, gut, du existierst für mich, du bist mir etwas, aber was soll ich mit dem Nichts machen!«

Nur ins Tagebuch entlädt er seinen Ärger. Nach außen hin bleibt er höflich und übrigens genauso indifferent wie Elise. Er fragt nach alten Bekannten, nach ihren Eltern. Wie es ihr selber geht, fragt er nicht. Er hat sie ja vor sich.

Elise ist dreiundvierzig Jahre alt. Sie könnte noch ziemlich jung sein. Aber Elise ist dreiundvierzig vor 134 Jahren. Sie sieht aus wie eine, die in sieben Jahren aus Altersgründen sterben wird. Sie sieht aus, als hätte sie alles hinter sich. Und sie hat alles hinter sich, auch die Schmerzen. Ja, auch die Schmerzen. Bis auf den Tod, den sie noch sterben wird, hat sie sie hinter sich gebracht. Falls sie nicht jetzt noch leidet, gerade jetzt, als er sie ansieht und sie genau weiß, was er denkt:

Es ist nicht möglich! Das soll Elise sein, mit der er zwei Kinder gezeugt hat, seine Gewissensehefrau über zehn

Jahre! Da fühlt sich sein Gewissen so leicht wie ein Vogel, wenn er Elise sieht, schmal, schwarz, verhärmt, mit dünnem, grau-fahlem Haar. Es wäre nicht möglich gewesen!

Er selbst liebt es in dieser Zeit, Bilder von sich zu verschicken, Friedrich Hebbel als Lithographie: die blonden Haare ziemlich lang und lockig, die Stirne hoch und voller Gedanken, ein blonder Vollbart, dunkles Seidentuch und weiße Weste – ein stattlicher junger Mann. Und dann der Blick, blitzblau und ins Weite gerichtet. Waren sie nicht wirklich schön, seine Augen, Elise? Das waren sie, aber die Nase war zu kurz, sie war unvollendet. Das ganze Gesicht war unvollendet. Mit längerer Nase wäre er ein Gott gewesen.

Elise! Immer noch? Ach, sie wagt ihn ja gar nicht mehr anzusehen. Sie hält den Kopf gesenkt im Hause Hebbel, auch wenn er mit ihr spricht oder sie mit ihm, was noch seltener vorkommt. Ja, er war ein gutaussehender Mann mit vierunddreißig Jahren und verheiratet mit einer der schönsten Frauen von Wien.

Es wäre nicht möglich gewesen, Elise. Es war unvorstellbar. Sie ist die Cousine im Hause Hebbel, eine entfernte Verwandte. Wenn Gäste kommen, zieht sie sich zurück. Sie macht sich nützlich in der Küche. Sie ordnet Blumen, sie deckt den Tisch. Christine ist ja viel außer Haus. Elise vermeidet die Handreichungen, die sich auf Hebbel persönlich beziehen, ihm die Post hinzulegen, den Aschenbecher zu reichen. Sie versucht, so unpersönlich wie möglich zu sein, ein Neutrum, ein Schatten.

Sei etwas! Wolle etwas!

Sie macht es ihm schwer. Ihre Freundlichkeit, ihr Ernst, ihre Unauffälligkeit. Klage mich an! Beschimpfe mich! Elise räumt still die Teetassen auf ein Tablett, und nichts erinnert an ihre gemeinsame Vergangenheit als das betuliche Rascheln ihrer Kleider. Es ist unerträglich. Brich in Tränen aus! Sei verzweifelt! Du hast sie ja nicht gefragt, Friedrich Hebbel. Frag sie, wie sie vier Jahre lang gelebt hat, frag sie nach eurem Kind, dann wird sie schon weinen!

Wer mit ihr weint und wer sie fragt, das ist Christine. Auf seltsame Art sind sie Schwestern. Sie wissen beide, was es heißt, unehelich ein Kind zu bekommen, sie wissen beide, was es heißt, ein Kind zu verlieren. Was Elise je zweimal erlebte, das hat Christine je einmal erlebt. Sie lieben beide denselben Mann. Sie sind Schwestern.

Wie oft hat Hebbel den Eindruck, als wenn er störe, wenn sie zusammensitzen. Sie haben geredet, jetzt sind sie still und schaun ihm entgegen, wenn er das Zimmer betritt. Er versucht zu scherzen. Aber sie lachen nicht. Wie ungern hört er es, wenn Elise Christine mit »Tine« anredet oder »mein liebes Herz«. Er sollte sich freuen, sie verstehen sich. Aber er kann sich nicht freuen. Es ist ihm unbehaglich. Er leidet.

Wohin er blickt: gemeinsam verweinte Augen. Er hätte an seinem Schreibtisch bleiben sollen! Und diese Hilflosigkeit, die ihn in Elises Gegenwart befällt! Worüber spricht man mit einer Mutter, die keine Kinder mehr hat? Worüber spricht man mit einer Geliebten, die alt ist? Worüber zum Teufel spricht man mit einer Hamburgerin in Wien?

Selbst wenn Elise in ihrem Zimmer ist, hat sie noch diese entsetzlich aufdringliche Art, abwesend zu sein. Gepriesen seien die Wände im Hause Josephstadt, Quergasse 224! Aber er wird nicht mehr froh. Er hat keine gute Stunde gehabt in dem Jahr, als Elise in Wien war. Ja, auch er hat gebüßt.

Eines Tages begreift er nichts mehr. Christine ist wieder schwanger. Sie hat es ihm eben gestanden. Das ist gut so, es freut ihn. Da spürt er, wie ein Gedanke ihn unangenehm berührt: »Wir müssen es Elise sagen.«

»Sie weiß es schon«, entgegnet Christine ganz ruhig.

Es ist nicht möglich! Sie hat es Elise gesagt, bevor sie es ihm gesagt hat! Er drängt alle Fragen zurück und arbeitet qualvoll einen Abend an ›Herodes und Mariamne‹ (ein Paar, das auf wunderbarste Weise mit seinen Problemen allein ist!).

»Es war ein einfaches Mittel meiner Natur, sich vom Druck des Elements zu befreien, und ich muß es für ein Glück halten, daß ich an diesem Werk, in dem ich das, was meine Vorgänger im deutschen Drama ihr Meisterstück zu nennen pflegten, geliefert zu haben hoffe, noch etwas zu tun hatte. Nun wurde ich des Ekels Herr.«

Natürlich schreibt er das mit Bezug auf ganz andere Verhältnisse. Aber das Mittel, »sich vom Druck des Elements zu befreien«, ist ja für ihn immer das gleiche. Er schreibt.

Da sitzt er, den Friesenschädel gebeugt, während seine Feder über das Papier kratzt. Ja, unter dieser Schädeldecke, da steckt, was aufs Papier will. Zäh und beharrlich kratzt die Feder, und zäh und beharrlich fließen die Gedanken, nehmen den Umweg durch die Tinte, über die Druckerschwärze in die kritischen Geister der Theaterdirektoren und manches bis vor unsere Augen und Ohren. Den Gedanken nur zu denken bedeutet soviel, wie ihn nicht zu haben, bedeutet arm sein, unbekannt, in Wesselburen oder in Kopenhagen und Paris in ungeheizten Zimmern wohnen. Es muß eine Gestalt daraus werden, eine wie Christine zum Beispiel, hochbusig und mit weittragender Stimme: Brunhild, Agnes, Mariamne.

Was ist Elise dagegen? Ein raschelndes Seidenkleid, eine flüchtige Erinnerung. Kein unbeschriebenes Blatt, aber die Seite, die schließlich herausgerissen, zerknittert und in den Papierkorb geworfen wird. Sie hat ihn immer kalt gelassen. Aber sie macht ihn fassungslos: Sie liebt Christine. Diese Liebe hat etwas von der Liebe, mit der sie früher Friedrich Hebbel liebte. Sie machte sich klein, ihn machte sie groß. Jetzt macht sie sich vor Christine klein, sie dient ihr. Aber sie dient ihr als Schwester, nicht als Zofe. Und als Schwester wird sie wiedergeliebt. Denn auch Christine ist fassungslos. Ist das Elise, die kein gutes Haar an ihr ließ, die sie gehaßt hat? Etwas Rätselhaftes ist an der Art, wie Elise liebt, ein unerklärbarer Rest. Das war ihr Zauber.

»Ich suche Dich täglich im Kreise interessanter heiterer Gesellschaft, welche Dir gefallen, und wo mein Tinchen vor allen gefallen wird«, schreibt sie schon zwei Monate nach ihrer Ankunft aus Wien an Christine, die mit Hebbel auf einer Tournee ist in Berlin, Leipzig, Dresden, und schließt mit: »Dich mein liebes Herz küß ich innig, ewig Deine Elise.«

Das mag Konvention sein, aber »mein Tinchen«? Das mußte nicht sein, das will etwas sagen.

Überhaupt scheint ein Wunder geschehen. Am 12. Mai ist Elises Kind gestorben. Am 18. Juli zeigt sie sich emsig. Sie hat während der Abwesenheit des Ehepaars Hebbel Christines Sohn in ihrer Obhut. Sie geht mit ihm auf den Markt. Sie wird von Baroninnen besucht, sie kocht Gelee ein. Zwar hat sie Zahnweh, aber sonst nichts von Schmerzen. O gebt Elise eine Aufgabe, weist ihr einen Platz zu, sagt ihr, was zu tun ist! Dann kann ihr nichts geschehen. Dann ist Elise gerettet.

Christine hat es erkannt. Sie hat Elise von dem Platz verdrängt, den sie irrtümlicherweise einnehmen wollte. Aber Christine weiß Rat. Sie braucht eine Kinderfrau, sie braucht eine Haushälterin, eine Freundin. All das kann Elise sein. Natürlich ist es ein Bündnis, eine Interessengemeinschaft. Und es kann

Hebbel nicht verborgen bleiben, daß ein Verteidigungsbündnis gegen ihn besteht. Sie kennen ihn beide so gut:

»... Grüß Hebbel und er möge nicht eine so gräßliche Laune mit ins Haus bringen, damit in der ersten Stunde es kein Donnerwetter wieder giebt, als bei der Gratzer Zurückkunft – wahrlich es ist nicht möglich sich dann zur Ankunft zu freuen ...«

Ja, Elise kennt ihn. Sie fürchtet sich vor ihm. Und auch Christine kennt ihn und fürchtet sich. (Es sind die Magensäfte!) Was liegt näher, als daß zwei, die sich vor einem dritten fürchten, ein Bündnis schließen?

»Mein liebes Herz« – das heißt: Ich weiß, was du leidest. »Ach, liebe Elise« – das heißt: Ich weiß, was du gelitten hast.

Da wird es ihm unbehaglich. Da geht er lieber mit Christine auf Reisen. Kein Wunder, daß er bei der Heimkehr schlechte Laune hat: Elise macht ihm die Tür auf.

Der letzte Akt des Stückes hat Ballett-Charakter, ein verzweifelter Pas de trois. Auf der rechten Seite der Bühne die beiden Frauen, ein schwarzer und ein weißer Vogel, und links der Mann, der nach dem weißen die Arme ausstreckt. Sehnsüchtig umkreist er ihn, er wirbt, macht bittende Sprünge, eindeutig signalisiert er die Richtung seiner Wünsche, doch immer wieder ist ihm die schwarze Schwester im Weg. Seinem herzzerreißenden Solo folgt der Tanz der beiden Vögel, gemessen und innig, Harmonie, die ein Dritter nur stören kann. Da fährt er dissonantisch dazwischen. Er raubt den weißen Vogel und führt ihn mit sich fort. Es bleibt allein der schwarze, der mit hängenden Flügeln einsame Kreise zieht und zuletzt einen verlorenen Tod stirbt.

Wie poetisch! Wie unangenehm! Sie hatten sich alle drei zuviel vorgenommen.

Auch Christine hatte sich ein wenig verausgabt. Mitleid, Verzeihensseligkeit, die große Geste, das alles sind Gefühle für einen Nachmittag. Nach Monaten kann ihnen die Luft ausgehen, und das schwesterliche Schweigen wird bedrückend und muß sich rechtfertigen in anstrengendem Geplauder. Auch nimmt die Reizbarkeit zu mit zunehmender Schwangerschaft. Wer könnte es sich verhehlen: Der schwarzseiden raschelnde Hausgast ist überflüssig in dieser Familie. Es nimmt zuviel Kraft weg, die schäbige Seite des Menschen auf Dauer hinter seiner edlen zu verbergen. Als der Sommer vorüber ist, kann Christine nicht mehr spielen. Keine Möglichkeit mehr, für ein paar Stunden Elise zu entgehen. Es wird unerträglich. Mit Schrecken muß Christine an die biblischen Geschichten denken, in denen eine Frau stellvertretend für die andere Kinder bekommt: Bilhar für Rahel, entsetzlich! Auf ihrem Schoß gebären oder so ähnlich –, da drückt ihr das Kind auf die Lunge, und es befällt sie die Atemnot, die für die letzten Wochen typisch ist. Rettung! Hilfe! Elise hat alles vorbereitet. Sie segelt mit vollen Segeln. Als hätte sie nie ein Kind verloren, als sei dies ihre Stunde. Allen Ernstes glaubt sie, daß eine Hebamme überflüssig ist, *sie* wird ja da sein.

Am ersten Weihnachtstag nachmittags gegen fünf wird das Kind geboren. Elise ist krank geworden und liegt mit hohem Fieber in ihrem Bett. Ein Arzt und eine Hebamme versehen ordnungsgemäß den Dienst.

Es ist ein Mädchen, Christine Elisabeth Adolphine, die zum Überleben bestimmt war. Elisabeth heißt Elise. Ja, es war auch ihr Kind. Und wenn hinfort von »Tinchen« die Rede ist, dann ist sie es, ihr Liebling.

Silvester liegt Elise noch immer zu Bett, »weil sie sich zu unvorsichtig der Erkältung ausgesetzt hat«. Es ist also ihre Schuld. Die arme Christine »muß sich nun grausam anstrengen und alles selbst besorgen«. Hebbel übt sich »in den Pflichten eines Johanniters, bis zu den niedrigsten herab« und geht von Krankenbett zu Krankenbett. Da macht sich Elise ein Jahr lang nutzlos im Hause zu schaffen, und wenn man sie einmal brauchen kann, ist sie nicht da. Das sieht ihr ähnlich!

Schlecht unterdrückt er seinen Ärger, wenn er zu ihr hereinkommt und ein Tablett mit Tee und Zwieback bringt. Wird er sich zu ihr aufs Bett setzen? Ja, er tut es. Daß doch in allem, was er noch für sie tun wird, eine Beleidigung liegt! Er spürt es, sie spürt es, doch es ist nicht zu ändern. »Wie geht es dir, Elise?« und sie: »Wie geht es dem Kind?« (In allem, was sie noch zu ihm sagen wird, ein nicht ausgesprochener Vorwurf!) »Es schreit so viel. Ach, Elise, welch ein ängstlicher Besitz ist der eines geliebten Kindes! Ist das Schicksal noch einmal grausam gegen mich, so steht mein Entschluß fest. Ein fünftes Kind will ich nicht haben und müßt' ich – Das steht fest.«

Es war schon zu viel. Elise wagt ihn nicht anzusehen. Soll sie ihre Hand auf seine Hand legen? Sie tut es nicht. Als er aus dem Zimmer gegangen ist, erlaubt sie sich zu weinen. »Ein fünftes Kind« hat er gesagt, Max, Ernst, Ariel und Christine –, er hat ihre Kinder mitgezählt, sie hat einen Platz auf Erden, sie hat einen Platz in seiner Biographie!

Ja, sie hat Grund zu weinen, es ist ein bescheidener Platz. Im übrigen hat sie ja ausgedient. Wie konnte sie das vergessen? Aber das Kind! Vielleicht wird man ihr erlauben, für das Kind zu sorgen. Mein Gott, Elise! Es gibt etwas an dir, das wir bewundern müssen: diese unverdrossene Ausschau nach Objekten für deine Liebe. Mit demselben Eifer, mit dem sie vor so vielen Jahren einen mittellosen Studenten aufnahm, nimmt sie das Kind jetzt in die Arme – nach allem, was geschehen ist. Kaum ist Elise wieder auf den Beinen, hat Christine nichts mehr zu tun als sich zu erholen. Das Kind hat Elise. So selbstvergessen, in dem Übereifer, den wir längst an ihr kennen, hat sie die Schwelle zum Alter überschritten, sich eingereiht unter die, die keinen Anspruch mehr darauf erheben, die Kinder selbst geboren zu haben, die sie wiegen. Kann sie die Mutter nicht sein, so ist sie die Großmutter, die alte Tante. Sie sieht ganz danach aus.

Natürlich spart sie nicht mit guten Ratschlägen. Natürlich weiß sie alles besser. Christine muß wieder ein bißchen leiden. Sie legt schließlich Wert darauf, das Kind als ihr eigenes zu betrachten. Ihr ist, als hätte sie die Schwiegermutter im Haus. Überhaupt ist Elises Rolle in dieser Familie nicht unähnlich der der Schwiegermutter: Sie kennt ihn, den Sohn, der sich hier zum Vater aufschwingt, sie kennt ihn besser. Sie könnte raten, wenn man sie nur fragte.

Sie ist die Schwiegermutter, die zu lange bleibt. Die Schwiegertochter fühlt sich übergangen. Der Sohn fühlt sich durchschaut. Wenn sie das Zimmer betritt, verstummen Gespräche, Besucher empfehlen sich, die Ehegatten gehen früh zu Bett. Es wird Zeit, daß Elise abreist.

Ach, bleib noch etwas, Elise, bleib noch, deine Geschichte neigt sich dem Ende zu. Es ist so angenehm, mit dir zu reden. Deine Verständnisinnigkeit: Du hörst so schön zu! Und deine Stimme ist angenehm, es kommt ja niemandem darauf an, was du sagst! Wer soll die Kinder hüten, wenn du nicht mehr da bist? Wer ordnet die Blumen mit sanfter Hand und kocht das Gelee so glasklar und purpurfarbig? – Niemand, der Elise das fragte, und langsam beginnt sie selbst an ihre Heimreise zu denken.

Einer wird sie vermissen im Hause Hebbel: Carl, der Sohn von Christine. Er ist ein wenig älter, als Ernst jetzt wäre, und als Stiefsohn ein wenig überflüssig im Hause wie sie. Seine Mutter hat ihr Theater und hat jetzt das Baby – er hat Elise! Sie spielt mit ihm, sie liest ihm vor, sie bringt ihn zu Bett, und schließlich nimmt sie ihn mit nach Hamburg! Er wird ihr Ersatzkind.

Gepriesen sei die Güte von Christine! Mag sie ihn etwas weniger geliebt haben, diesen Sohn, ihren Schandfleck, als die eheliche Tochter, die sie nun hat. Es bleibt doch eine Tat der Liebe, der kein Sophismus etwas anhaben kann. Was hat sie Elise genommen? Es zählt nicht mehr. Sie hat Elise ein Stück von sich selber gegeben. Sie hat zwei Kinder, Elise hat keins mehr – da gibt sie Elise ein Kind von sich ab. Sie hat einen Sohn übrig, und sie schenkt ihn Elise!

Wie schön ist die Versöhnung in Liebe! Wie lösen sich da die Tränen so wohltätig und mild. Die eine öffnet ihre Arme, um zu geben, die andere öffnet ihre Arme, um zu empfangen – und niemand bleibt ungetröstet und mit leeren Armen zurück.

Es ist die Versöhnung im Leben, nicht in der Tragödie. Der Dichter sitzt am Schreibtisch und zerwühlt sich die Haare. »Wie steh ich jetzt zu dir und du zu mir?« fragt Mariamne. Und dann wechselt die Szene, und es wird ihr keine Antwort zuteil. Nur »durch den Untergang ... des Individuums« kann die Versöhnung erfolgen, nicht die Versöhnung des einzelnen, sondern die »Satisfaktion ... der Idee«. Mariamne muß sterben, und erst im Tode erfährt Herodes die ganze Wahrheit: Wie hat sie ihn geliebt!

Ach, hätte er um sich geblickt, der Tragödiendichter, den Kopf nur einmal gehoben, dann hätte er etwas gesehen von der Versöhnung im Leben. Sie besteht im Geben, im lächelnden Loslassenkönnen. Die Charaktere hören auf, sich gegeneinander zu behaupten, und doch kommt jedes Individuum jetzt zu seinem Recht: Christine hat mehr Zeit fürs Theater, und Elise hat wieder einen Sohn.

Da wendet sich der Dichter mit Grausen: Es ist ein Bankrott der Moralität, ein nichtswürdiger Handel. Christine hat es ihm erklärt. Es wird Elise helfen und ihr. Für Carl ist es auch nicht schlecht. Elise hat pädagogische Qualitäten. Sie hat als Erzieherin gearbeitet, warum nicht jetzt als Erzieherin von Carl Hebbel? Und da ist noch etwas: Elise ist arm. Man wird sie sowieso unterhalten müssen. So tut sie etwas für ihr Geld. Das spart Peinlichkeiten und ist für alle Seiten angenehmer. Außerdem ist es eine Möglichkeit, sie von Wien zu entfernen, ohne ihr weh zu tun, sie hat eine Aufgabe in der Familie und läuft einem doch nicht ständig über den Weg.

Eine Fülle von Vorteilen bietet diese Lösung. Ja ist denn kein Nachteil damit verbunden? Keiner. Kein Opfer, das irgend jemand doch bringen muß? Keins. Wenn man davon absieht, daß Christine sich manchmal nach ihrem Sohn sehnen wird. Aber sie kann ihn ja hin und wieder besuchen. – Da versteht er selbst Christine nicht mehr, und unheimlich ist ihm die Heiterkeit, mit der sie ihm eine Handlungsweise erläutert, die allen Seiten Vorteile bringt.

Es handelt sich um die Satisfaktion der Personen, nicht die der Idee. Sie war eine Sache der Frauen.

Da zieht er sich an seinen Schreibtisch zurück, zu Mariamne, in der er angeblich Christine verherrlicht hat. Ihr geht es ums Prinzip, um die Menschenwürde. Sie läßt sich lieber morden als durch die Finger zu sehen.

Wie einfach wäre alles gewesen: Herodes kommt wohlbehalten zurück, und sie sagt ihm: Das mußt du nicht noch einmal tun, den Befehl hinterlassen, daß man mich töten soll, wenn du stirbst. Ich will ja sowieso nicht mehr leben, wenn du nicht mehr lebst, und hätte es selber getan. »Ich liebe dich mehr als mein Leben« – das sind die Worte, nach denen er lechzt. Wie naheliegend, sie einfach zu sagen! Da wäre ihm und ihr und allen geholfen. Aber nein! Mariamne ertrotzt sich ihr schreckliches Ende, und als Herodes endlich erfährt, wie sehr sie ihn geliebt hat, da ist sie schon tot, und er kann nur verzweifeln. Christine verkörpert solche Gestalten sehr eindrucksvoll auf der Bühne, aber im Leben, da spricht sie die erlösenden Worte, solange es Zeit ist.

So kann Elise ohne Bitterkeit ihre Koffer packen und Abschied nehmen von Wien mit einer Wehmut, die gut tut. Ihr Abschied ist eine Sache, die Christine und sie angeht. Hebbel steht verlegen daneben, ein Händedruck, dann liegen sich die Frauen in den Armen, und das Kind zwischen ihnen weiß nicht mehr, an wessen Rock es sich klammert. Es wird von einem Arm in den andern gereicht, und der Zug fährt ab.

Ein Jahr und drei Monate ist Elise in Wien gewesen. Wie gern übernimmt Hebbel jetzt das Amt, Christine zu trösten. Wie nah fühlt er sich ihr, die einen Sohn für ihn geopfert hat. Wie eine Witwe führt er sie am Arm zur Droschke vor dem Bahnhofsgebäude und nimmt zu Hause ihr verweintes Gesicht zwischen seine Hände. Sie hat begriffen, worauf es ihm ankommt: Ja, sie hat ein Opfer gebracht, ja, für ihn, um seine Schuld zu tilgen. Was sie im Eifer der versöhnenden Liebe tat – *so* kann er's begreifen. Schließlich verkörpert sie nicht das erste Mal ein Gebilde seiner Phantasie.

Elise ist ebenso beschäftigt mit Trösten. Endlich legt Carl den Kopf auf ihren Schoß und schläft ein.

Da sitzt Elise schmal und alt geworden in dunklen Kleidern und fährt nun unwiderruflich nach Norden. Ihr Haar ist grau inzwischen, ihr Mittelscheitel immer breiter, der Nackenknoten immer kleiner geworden. In Wien hat man ihr zwei Zähne gezogen, und wenn sie lächelt, lieb und mühsam, wie sie es zum Abschied tat, dann sieht man die Lücke im Oberkiefer und hat es gar nicht anders erwartet: Sie paßt zu ihr und zu dem Ganzen. Ja, Elise ist alt.

Aber sie hat ein Kind auf dem Schoß, und so ist sie gerettet. Sie rührt sich nicht, um Carl nicht im Schlaf zu stören, und achtet nicht auf die Rückenschmerzen, die ihr das macht. Sie nimmt ihr Taschentuch und wischt ihm sanft den Schweiß von der Stirn. Wer ist sie? Die Mutter kann sie nicht sein, und für eine Gouvernante ist sie zu zärtlich.

Aber sie ist es. Es ist nicht ihr Kind, das sie auf dem Schoß hat, es ist ihr Zögling. Sie war zur Gouvernante bestimmt von Anfang an und ist dem Gouvernantenschicksal nicht entgangen. Sechs Jahre hat Elise noch vor sich, bis sie sich zu Tode husten wird. Es ist ein bescheidenes Leben. Es sind die Jahre der kleinen Schmerzen – Zahnschmerzen, Rückenschmerzen und, langsam immer heftiger, der Husten – und die Jahre der kleinen Freuden, billige Einkäufe, Kinderfeste und die Fortschritte, die Carl macht. Elise ist arm. Sie lebt in kleinen, dürftigen Wohnungen, die sie verschiedentlich wechselt, um noch kleinere, dürftigere zu mieten. Aber sie hat das, was sie früher zu Hebbels Entsetzen ihr Auskommen nannte. Sie erhält regelmäßige Geldsendungen aus Wien. Nein, es ist keine Abfindung mehr, wovon sie lebt. Es ist das Geld, das sie verdient hat. Elise Lensing ist eine berufstätige Frau, und sie hat aufgehört, sich dessen zu schämen.

Sie beschließt, sich Madame Lensing nennen zu lassen, nicht mehr »Fräulein«, was sie in Scham und Zerknirschung wieder geworden war, als ihre Niederlage bekannt wurde. »Fräulein Lensing« war sie gewesen, dann wurde sie »Madame Hebbel« und wieder »Fräulein Lensing«. Eine traurige Geschichte ist die Geschichte ihrer Benennungen. Jetzt wagt sie mit schüchternem Mut – zwei Damen haben ihr gut zugeredet –, die neue Wohnung Besenbinderhof 47 als Madame Lensing zu mieten. »Ihr seid gewiß mit einverstanden«, schreibt sie nach Wien. Es ist die Zeit der heilsamen Kompromisse, ein störanfälliges Glück. »Das bißchen Lebenskraft was in mir ist erhalt ich nur durch die größte Ruhe daß ich ihm nicht gewachsen die Gemüthserschütterung.« Deine schauderhafte Syntax, Elise! Aber zur Not wird deutlich, was du sagen wolltest, und Hebbel, der diese Zeilen mit Entsetzen las, wird es wohl auch verstanden haben (auch den Vorwurf, der wieder unausgesprochen darin liegt)!

Es sind die Jahre, in denen Elise sehr spät das Gesetz der Selbsterhaltung entdeckt, die Ökonomie. Wie hatte sie sich verausgabt! Wie hatte sie stets vergeudet: Geld, Gesundheit, ihr Glück. Jetzt kratzt sie das bißchen zusammen, was ihr noch bleibt. Viel war nicht mehr zu retten. Aus einundzwanzig alten Teilen näht sie sich ein neues Kleid – ein »billiges Kattunfähnchen« wollte sie sich nicht kaufen – und berichtet es stolz nach Wien. Was für ein seltsamer gescheckter Vogel mußt du gewesen sein, Elise! Aber man hat sie gemocht.

Sie hat einen Kreis von Freundinnen, alleinstehende und halbgebildete Damen wie sie. Ab und zu wird sie eingeladen, und wenn sie Geburtstag hat, überhäuft man sie mit Geschenken. Ja, manches ist besser als früher, und Elise hat ihren bescheidenen Platz. Es gibt ein Leben *nach* der Katastrophe. Elise hat es sechs Jahre lang gelebt.

»Ach es ist ein schlimmes Ding um den Menschen, daß er erst durch Unglück harte Schicksalschläge geläutert wird; die Natur sollte wenigstens Diejenigen welche sie sich zu ihren Opfern erkiesen hat auch mit mehr Kraft ausrüsten, und von vorn herrein Temprament und Charakter darnach gestalten; aber dem ist nicht so erst nachdem man sein Herzblut vergossen hat, die Gesundheit gelitten – wird man das, was man schon von vorn herrein hätte sein sollen kommt man auf der Stufe zu stehn wo man herab auf so viele Dinge schaut ...« (1850)

Ja, das ist von Elise. Wenn es ihr ernst wird, dann ist sie sogar beinah der Sprache mächtig! Ihre »Lebensphilosophy« nennt sie das. Wie gern stellt man sich vor, daß Christine es Hebbel vorlas am Frühstückstisch in ihrer Wiener Wohnung. Dort scheint die Morgensonne golden durch die Vorhänge, während die Briefe geschrieben wurden bei trübem Hamburger Zwielicht. Er wird süß-sauer gelächelt haben. Was sonst?

Dreimal noch in diesen letzten Jahren sind die Hebbels in Hamburg gewesen. Auch das war Christine zu danken und ihrer guten Tat: Man mußte ja Carl besuchen – und besuchte Elise!

Da räumt sie ihre Wohnung um, da kauft sie Champagner und macht die Betten. Vor lauter Freude fällt sie in ihr altes Laster, die Verschwendung, zurück.

Das waren die Höhepunkte in Elises stillen späten Jahren, und es waren die Krisen. Man muß bedenken, was es bedeutet hat: Hebbel war inzwischen berühmt. Bald wird er Gast bei der Tochter des Zaren sein und beim Großherzog von Weimar. Jetzt kehrt er noch einmal ein unter Elises Dach.

Aber die Freude war nicht ungetrübt. Es hat Streit gegeben. Noch einmal erlebt Elise, was sie so oft erlebt hat, wie seine Heftigkeit sie »wehr- und wortlos« macht (Zitat Elise). Hebbel fragt nach alten Manuskripten, die er bei ihr in Verwahrung glaubt. Sie hat sie verbrannt. Da gibt es unschöne Szenen und Tränen, und Hebbel läuft mit langen Schritten durch Hamburgs Straßen, bis er sich wieder gefaßt hat. Das ist die »Gemütserschütterung«, der sich Elise nicht mehr gewachsen fühlt, und erschöpft bleibt sie nach solchen Besuchen zurück.

»... Nur daß Deine Heftigkeit seidt ich in Wien war und jetzt hier die 2 mal gegen mich stets mit einer gehässigen Bitterkeit gemischt war, Du Dich immer bemühtest mich herunterzusetzen«,

wagt sie ihm darauf zu schreiben. Aber im selben Brief ein paar Zeilen später: »Ich bin mit meiner Lage zufrieden, und erkenne daß es so kommen mußte, solltest *Du* glücklich werden und nicht untergehen ...«

Das war die späte Elise! Wenn sie sich zur Ruhe zwingt, dann sind auch die Sätze richtig. Sogar über ihre Kinder kann sie jetzt sprechen, gefaßt und schön: »O der Schmerz steigt in dem Grade um den Verlust eines Kindes wie die Liebe mit jedem Tag größere Wurzel fäßt ...die Kinder haben so ganz Abschied genommen von mir, daß sie niemals mir im Traum erscheinen und ihr Bild ganz aus meiner Seele mitgenommen ...«

Wer wollte nicht Elises Schwester sein in diesen letzten Jahren? Man darf Christine wohl glauben, daß sie es war.

Im Sommer 1853 sind Hebbels zum letztenmal bei Elise gewesen. Sie haben das kleine Mädchen mitgebracht. Elise ist selig. Diesmal verläuft alles friedlich. Wer wollte auch mit Elise noch streiten? Ihr Husten ist schlimmer geworden. Schon ist sie so schwach, daß sie Christine nicht mehr auf Spaziergängen begleiten kann. Trotzdem versucht sie in rührender Verkennung ihrer Lage die Hebbels zu überreden, ihr für ein Jahr die kleine Christine zu lassen. Das Kind weiß es besser als sie: »Was hilft's mir, wenn ich ander Jahr wiederkomme, bist du ja doch schon tot!« hat sie zum Abschied zu Elise gesagt. Die hofft noch, daß sie sich geirrt hat. Aber viel mehr als ein Jahr steht ihr nicht mehr bevor.

Ein Augenzeuge berichtet:

»Etwas Rätselhaftes, Geheimes und Peinliches, dies empfand ich wohl dunkel als den Hintergrund der Stimmung, wenn Hebbel, Christine und Elise zusammen waren. Deutlich entsinne ich mich noch des schwesterlichen Benehmens der Gattin des Dichters gegen Elisen, wie der geknickten, aber sich tapfer aufrechthaltenden Leidensgestalt des schmächtigen alten Mädchens und der mit eitel Seelengüte genährten Züge ihres Antlitzes.«

Altes Mädchen, spätes Mädchen, gutes Mädchen – ach, Elise, es ist dir nicht gelungen, irgend jemanden davon zu überzeugen, daß du eine Frau warst!

Ganz kurz vor ihrem Tode muß Elise noch einmal umziehen. Irgendein Hauswirt hat ihr ein Unrecht getan. Aber sie kann sich schon nicht mehr wehren. Seit Monaten liegt sie zu Bett und kritzelt mit zittriger Hand die letzten Briefe nach Wien.

»Nun kann ich nicht mehr grüß Heb herzlich, küß das Kind viel mal – Gott sei mit Euch! und auch mit mir ...«

Man pflegt sie und kümmert sich um sie. Die Hebbels bezahlen, und sie verteilt ihren letzten Schmuck an mitleidige Freundinnen.

Im Oktober noch läßt sie sich von einer Wohnung in die andere tragen.

»Fahren kann ich nicht und da ich mit muß so werd ich in Betten gepackt in einen langen Korb und am Abend transportiert.«

Vom Besenbinderhof 47 zum Hühnerposten 32, eine Treppe. Deine schäbigen Adressen, Elise! Und vier Wochen später auf den Armenfriedhof von St. Georg.

Aber auch da ist sie nicht geblieben.

1899 hat Christine Hebbel, inzwischen längst Witwe und über 80jährig, ihr ein Grab auf dem Friedhof in

Hamburg-Ohlsdorf gekauft. Dort liegt sie unter Versen von Friedrich Hebbel begraben.

Aber die werden jetzt nicht zitiert. Nein, Elise, irgendwo fängt die Verweigerung an.

Doris Lessing im dtv

Foto: Isolde Ohlbaum

Martha Quest

Die Geschichte der Martha Quest, die vor dem engen Leben auf einer Farm in Südrhodesien in die Stadt flieht. dtv/Klett-Cotta 10446

Eine richtige Ehe

Unzufrieden mit ihrer Ehe sucht Martha nach neuen Wegen, um aus der Kolonialgesellschaft auszubrechen. dtv/Klett-Cotta 10612

Sturmzeichen

Martha Quest als Mitglied einer kommunistischen Gruppe in der rhodesischen Provinzstadt gegen Ende des Zweiten Weltkriegs. dtv/Klett-Cotta 10784

Landumschlossen

Nach dem Krieg sucht Martha in einer Welt, in der es keine Normen mehr gibt, für sich und die Gesellschaft Lösungen. dtv/Klett-Cotta 10876

Die viertorige Stadt

Martha Quest geht als Sekretärin und Geliebte eines Schriftstellers nach London und erlebt dort die politischen Wirren der fünfziger und sechziger Jahre. dtv/Klett-Cotta 11075

Kinder der Gewalt
Romanzyklus
Kassettenausgabe der fünf oben genannten Bände
dtv/Klett-Cotta 59004 (Sept. '89)

Vergnügen · Erzählungen
dtv/Klett-Cotta 10327

Wie ich endlich mein Herz verlor
Erzählungen
dtv/Klett-Cotta 10504

Zwischen Männern · Erzählungen
dtv/Klett-Cotta 10649

Nebenerträge eines ehrbaren Berufes · Erzählungen
dtv/Klett-Cotta 10796

Die Höhe bekommt uns nicht
Erzählungen
dtv/Klett-Cotta 11031

Ein nicht abgeschickter Liebesbrief · Erzählungen
dtv/Klett-Cotta 25015 (großdruck)

Die andere Frau

Eine auf den ersten Blick klassische Dreiecksgeschichte, die bei Doris Lessing jedoch einen ungewöhnlichen Ausgang findet.
dtv/Klett-Cotta 2598 (großdruck)

Joyce Carol Oates im dtv

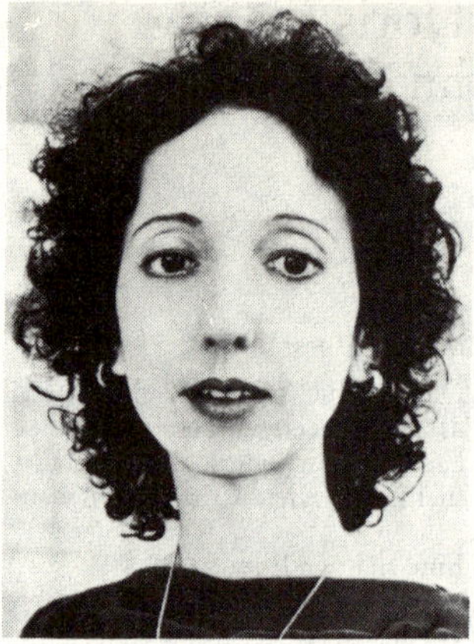

Grenzüberschreitungen

Zart und kühl, bitter und scharf analysierend, erzählt die Autorin in fünfzehn Kurzgeschichten von der alltäglichen Liebe, dem alltäglichen Haß und ihren lautlosen Katastrophen. dtv 1643

Jene

Die weißen Slumbewohner in den Armenvierteln des reichen Amerika, die sich nicht artikulieren können, sind die Helden dieses Romans. Die Geschichte einer Familie, aber auch die Geschichte Amerikas. dtv 1747

Lieben, verlieren, lieben

Von ganz »normalen« Menschen erzählt die Autorin, vor allem von Frauen, von Hausfrauen, Ehefrauen, Müttern und Geliebten. »Alle Erzählungen variieren die paar Grunderfahrungen vom zwar sehnsüchtig erwarteten, aber nie erreichten Glück auf der Erde . . .« (Gabriele Wohmann) dtv 10032

Ein Garten irdischer Freuden

Ein Mädchen will ihren ärmlichen Verhältnissen entfliehen. Sie tut es – nichts anderes bleibt ihr übrig – mit Hilfe von Männern. dtv 10394

Bellefleur

Der Osten der USA ist der Schauplatz dieser phantastischen Familiensaga. Aus dem Leben der Menschen des Hauses Bellefleur wird ein amerikanischer Mythos. dtv 10473

Im Dickicht der Kindheit

In einem Provinznest lebt die starke, in ihrer Sinnlichkeit autonome Arlene mit ihrer jungen Tochter Laney, deren Schönheit und Wildheit der vierzigjährige Aussteiger Kasch verfällt. dtv 10626

Engel des Lichts

Die Geschichte einer alten Familie in Washington, die zwischen Politik und Verbrechen aufgerieben wird. Ein mit meisterhafter psychologischer Genauigkeit entworfenes Szenarium des emotionalen und sexuellen Verrats. dtv 10741

Unheilige Liebe

Auf dem Campus einer exklusiven Privatuniversität spielen die Mitglieder des Lehrkörpers eine »Akademische Komödie des Schreckens«. Sie lieben sich, sie hassen sich, aber keines dieser Gefühle hält vor. dtv 10840

Letzte Tage

Amerikanische Kleinstädte und europäische Metropolen sind die Schauplätze dieser sechs Erzählungen. dtv 11146